Kerstin Gier
Jungs sind wie Kaugummi –
süß und leicht um den Finger zu wickeln

Für all die Meinrads, Alyssas, Sissis, Simons und
Jakobs, die mir meine Schulzeit versüßt haben und
aus denen längst erfolgreiche Politiker,
Studienrätinnen, Schriftstellerinnen, Banker und
Event-Manager geworden sind.

Kerstin Gier

Jungs sind wie Kaugummi – süß und leicht um den Finger zu wickeln

Arena

In neuer Rechtschreibung

5. Auflage 2009
© Arena Verlag GmbH, Würzburg 2007
Alle Rechte vorbehalten
Einband: Yoyo Kawamura
Gesamtherstellung: Westermann Druck Zwickau GmbH
ISBN 978-3-401-06093-4

www.arena-verlag.de

EINS

»Love is in the air«, schrieb ich und kaute am Stift. Was für eine geniale erste Zeile. Ich schreibe immer Songs oder Gedichte, wenn ich inspiriert bin. Und heute war ich offenbar besonders inspiriert.
»Gibt es schon«, sagte Valerie neben mir.
»Was?«
»*Love is in the Air* gibt es schon«, wiederholte Valerie und summte leise eine Melodie.
»So ein Mist«, sagte ich. Irgendwie scheint es alles immer schon mal irgendwo gegeben zu haben. Das ist frustrierend, oder nicht?
»Geometrie is in the air«, sagte Valerie und kicherte.
»Das gibt's garantiert noch nicht. Wetten, du musst gleich wieder an die Tafel?«
Plötzlich war ich gar nicht mehr inspiriert.
»Ein Rechteck ist sieben Komma fünf Zentimeter breit und drei Komma fünf Zentimeter lang«, sagte das Gürteltier, unsere Mathelehrerin. Sie malte das Rechteck an die Tafel. »Wie lang ist ein Rechteck gleichen Inhalts, das zehn Zentimeter breit ist?«

Woher sollte man das denn wissen? Und vor allem – wozu?

Das Gürteltier drehte sich zu uns um. »Na?«, fragte es aufmunternd. »Wer will nach vorne kommen?«

Keiner meldete sich, nicht mal Jakob, das Mathegenie, obwohl er ganz sicher hätte punkten können. Meinrad Sost bohrte wieder mal in der Nase, das Nebelding schrieb eine SMS, Lena und Kati flüsterten miteinander, Simon Drücker war offensichtlich eingeschlafen, und der Rest der Klasse guckte aus dem Fenster oder an die Decke.

»Sissi«, sagte das Gürteltier und warf mir die Kreide zu. Ich fing sie seufzend auf. Das war eine neue Taktik vom alten Gürteltier, mich ständig an die Tafel zu rufen. Wahrscheinlich dachte es, ich würde endlich wieder besser in Mathe werden, wenn ich mich nur oft genug blamierte. Das Gürteltier glaubte nämlich steif und fest, ich wäre nur zu faul und zu störrisch, um Geometrie zu begreifen, es wollte und konnte nicht akzeptieren, dass Mathe einfach zu hoch für mich war. Geometrie sah zwar auf den ersten Blick viel leichter aus als diese Prozent- und Zinssache, aber in Wirklichkeit war es weitaus heimtückischer. Mit Faulheit hatte das nichts zu tun. In den anderen Fächern war ich nämlich genauso faul und verstand trotzdem noch alles, vorausgesetzt, ich hörte zu, was – je nach Lehrer – nicht immer so einfach ist. Dass ich da auch schlechtere Noten bekommen hatte, hat im Grunde nichts zu sagen, die Lehrer nehmen es einem nur übel, wenn man seine

Hausaufgaben nicht macht oder sich anmerken lässt, wie langweilig man ihren Unterricht findet. Aber das sah das Gürteltier natürlich ganz anders. Auf dem letzten Elternsprechtag hat es meiner Mutter gesagt, ich sei auf dem besten Wege »abzustürzen«, wenn es, also das Gürteltier, das nicht gemeinsam mit meiner Mutter verhinderte. Meine Mutter fährt leider auf dramatische Formulierungen ab, und das Wort »abstürzen« hat sie in höchste Alarmstufe versetzt. Sie hat Papa am Telefon angebrüllt, jetzt hätten sie den Salat, das seien die Spätfolgen der Scheidung, sie habe immer gewusst, dass es so kommen müsste, und das sei alles nur seine Schuld, weil sie Vollzeit arbeiten gehen müsse und mich somit nicht mehr unter Aufsicht habe. Nun sähe man ja, wohin das führe. Völlig hysterisch, die Gute.

Ich wüsste zu gern, wie sie sich noch steigern will, wenn ich erst mal mit Jungs, Schuleschwänzen und Drogen anfange.

Die erste Gegenmaßnahme, die das Gürteltier und meine Eltern ergriffen, um meinen sogenannten Absturz zu verhindern, waren Nachhilfestunden. Das Gürteltier hatte jemanden aus der Zehnten für mich engagiert. Ich konnte nur hoffen, dass es nicht die bebrillte Ziege war, die einen immer vollmeckert, wenn man die Abkürzung durch den Mittelstufenraum nimmt und sich nicht die Schuhe abputzt. Die sieht nämlich aus, als sei sie gut in Mathe.

»Ich und meine Kollegen werden Sissi vermehrt unsere

Aufmerksamkeit schenken«, hatte das Gürteltier außerdem verkündet, und meine Mutter hatte gestrahlt.

»Ich bin ja so froh, dass Sissi so eine engagierte Lehrerin wie Sie hat, liebe Frau Gürteltier«, hatte sie gesagt. Frau GÜRTELTIER, lieber Himmel! Die arme Frau heißt in Wirklichkeit »Gürteler«, und ich wollte eigentlich nicht, dass sie weiß, wie ich sie getauft habe. Na ja, dazu war es jetzt leider zu spät.

Ich ging zur Tafel, nahm das Monstergeodreieck in die Hand und sah Hilfe suchend hinüber zu Jakob. Der hielt zwei Finger hoch, also schrieb ich eine Zwei an die Tafel. Dann sah ich wieder zu Jakob hinüber. Jakob schüttelte den Kopf und verdrehte die Augen. Ach so, die zwei Finger waren nur ein aufmunterndes Siegeszeichen gewesen. Na toll.

Das Gürteltier schüttelte ebenfalls den Kopf. »Was soll das, Sissi? Konzentrier dich doch mal. Ich weiß, dass du das kannst. Und hör auf, zu Jakob rüberzugucken, der kann dir jetzt auch nicht helfen.«

Ich warf Jakob einen wütenden Blick zu, wischte die Zwei wieder weg und tat, was ich immer tat: Zeit schinden und auf ein Wunder hoffen. Dreimal brach die Kreide ab, und als das Gürteltier die Geduld verlor und mir die Kreide aus der Hand nehmen wollte, ging die Tür auf, und unsere Schulsekretärin brachte eine neue Schülerin herein, mitten im Unterricht und mitten im Schuljahr.

Wenn das kein Wunder war!

»Das ist Alyssa Kirschbaum«, sagte die Schulsekretärin, und ich wurde sofort schwer neidisch. Alyssa Kirschbaum – ein Name wie ein Gedicht. Und wenn diese hellbraunen Kringellocken auch noch echt waren, dann war diese Alyssa wirklich ein Glückspilz. Namen sind im Augenblick mein neuestes Interessengebiet. Ich finde es faszinierend, zu sehen, wie der Name einen Menschen prägt. Oder ist es umgekehrt? Namenskunde sollte ein Unterrichtsfach sein, statt Mathe zum Beispiel. Ich selber habe einen grässlichen Namen: Elisabeth. Das ist hebräisch und heißt »Gott ist mein Eid«. Als ich geboren wurde, war Mama noch sehr katholisch. Aber je älter sie wurde, desto weniger katholisch wurde sie. Nach ihrer Scheidung ist sie sogar aus der Kirche ausgetreten. Und ich stehe jetzt da mit meinem Namen. Das Grässlichste an Elisabeth ist, dass man es abkürzen muss, weil man sonst über dem Aussprechen graue Haare bekommt. Mein Vater nennt mich »Lisa«, allein schon, um sich vom Rest der Familie abzuheben. Er hat sich vor fünf Jahren von uns getrennt, und Mama sagt, dass seien ganze fünfzehn Jahre zu spät gewesen. Sie vergisst allerdings dabei, dass weder ich noch meine Schwester Anna unter diesen Umständen geboren worden wären, und das wäre doch sehr schade gewesen, vor allem um mich.
Unser Englischlehrer nennt mich »Beth« oder »Betty«, er hat uns allen englische Namen gegeben, damit wir fortan englisch fühlen und denken. Er überschätzt unse-

re Sprachkenntnisse deutlich. Wenn wir wirklich englisch denken müssten, wären unsere Gehirne öde und leer. Betty und Beth sind jedenfalls schreckliche Namen. Die würde man allenfalls einem Pickel geben. Valerie gibt allen ihren Pickeln Namen.

»Gustav ist fast abgeheilt«, sagt sie zum Beispiel. »Aber dafür habe ich an Kunigunde zu früh herumgequetscht. Die ist heute doppelt so dick wie gestern und so glasig, dass der Abdeckstift nicht drauf hält. Am liebsten wäre ich zu Hause geblieben.«

Ich warte nur darauf, dass ihr auf der Nase eine dicke Betty wächst oder eine eitrige Beth.

Meine Oma hat der ganzen Sache die Krönung verpasst, sie nennt mich »Elli«, was einer Ohrfeige gleichkommt. Sie selber heißt Herta, und das sagt eigentlich schon alles über sie. Mein Vater hat ihr mal ein T-Shirt geschenkt mit dem Aufdruck: »*Das Leben ist hart. Ich bin Herta!*« Aber das hat er sich erst nach der Scheidung getraut. Soviel ich weiß, trägt meine Oma das T-Shirt gerne bei Tennisturnieren, wenn sie ihre Gegner einschüchtern muss.

Mama (und der Rest der Welt) nennt mich »Sissi«, weil sie sagt, dass ich Ähnlichkeit mit Romy Schneider habe, das ist die Schauspielerin, die vor tausend Jahren die österreichische Kaiserin Sissi im Film gespielt hat. Ich habe die Filme alle gesehen und konnte leider nicht die geringste Ähnlichkeit feststellen. Aber die Kleider sind echt der Wahnsinn.

Sissi ist von allen Namen das kleinste Übel, und da sonst niemand so heißt, finde ich es eigentlich ganz cool. Meine Freundinnen sind sowieso ganz wild auf ein I am Ende. Katarina heißt »Kati«, Lena lässt sich »Leni« schimpfen, weil Heidi Klums Tochter so heißt, und am schlimmsten ist es bei Valerie. Sie besteht darauf, »Walli« genannt zu werden. Wie bitte klingt denn das? Ich nenne sie weiterhin Valerie, irgendwann wird sie es mir danken, dass durch mich ihr richtiger Name nicht in Vergessenheit geraten ist.

Alyssa Kirschbaum mit dem Namen wie ein Gedicht musste sich auf den freien Platz neben Simon setzen. Der Platz neben Simon ist eigentlich immer frei, weil Simon seit Beginn der sechsten Klasse aufgehört hat, sich zu waschen. Er hat auch nur zwei Pullover, die er im Wechsel anzieht, und was die Hose angeht: Es laufen jede Menge Wetten, dass die von allein stehen kann.

»Herzlich willkommen, Alyssa. Alyssa ist ab heute Mitglied in unserer Klassengemeinschaft«, sagte das Gürteltier warm. »Klassengemeinschaft« ist eins ihrer Lieblingsworte. Sie benutzt es ständig. »Alyssas Eltern sind erst kürzlich mit ihr hierhergezogen.«

»Von wo denn?«, fragte Meinrad Sost.

»L. A.«, sagte Alyssa und setzte ein wenig gönnerhaft hinzu: »Los Angeles, meine ich.«

»Boah«, sagte Meinrad. »Etwa das Los Angeles in Amerika? Hast du da mal Schwarzenegger getroffen?«

Das war mal wieder typisch für Meinrad, er musste uns

alle blamieren und als Landeier hinstellen. Boah! Amerika! Schwarzenegger! Ein bisschen mehr Coolness wäre angebracht gewesen. Alyssa sah auch dementsprechend gelangweilt aus und sagte nichts mehr. Sie zwirbelte nur ihre Locken um die Finger. Vielleicht stand sie aber auch unter Schock wegen Simon. Wenn Simon nicht gerade vor sich hin stinkt, dann drückt er mithilfe eines Systems aus Handspiegeln seine Mitesser und Pickel aus. Von Nahem sieht er daher wirklich furchterregend aus, wie ein Stück vom Mond, mit all seinen Kratern. Für diese unappetitliche Angewohnheit mache ich seinen Nachnamen verantwortlich: Er heißt Simon Drücker. Jetzt drückt er nur Pickel, aber später verkauft er sicher mal Zeitungsabonnements an Haustüren.

Als dem Gürteltier wieder einfiel, dass ich ja noch an der Tafel stand, zusammen mit dem doofen Rechteck, klingelte es, und ich war erlöst.

»Denk an deine Nachhilfestunde heute Nachmittag, Sissi«, sagte das Gürteltier nur noch. »Dein Lehrer wartet um drei Uhr vor E 5.«

Ha! Lehrer. Männlich! Das hieß, ich blieb von der bebrillten Meckerziege verschont.

♥ ♥ ♥

Auf dem Weg vom Schulbus nach Hause gabelte mich meine Schwester in ihrem Auto auf und ersparte mir mindestens fünfhundert Meter zu Fuß bergauf. Meine Schwester heißt Anna, ist neunzehn und studiert im ersten Semester Medizin. Weil sie die Ältere ist, hat sie nicht nur den schöneren Namen und den deutlich höheren Intelligenzquotienten, sondern auch das bessere Zimmer. Ihrs hat einen Balkon, meins nicht. Aber wenn Anna auszieht, bekomme ich beide Zimmer. Ich hatte ja gehofft, dass Anna sofort auszieht, wenn sie mit dem Studium beginnt, aber die langweilige Kuh hat sich von allen Universitäten dieser Welt ausgerechnet die in Köln ausgesucht, und die ist nur eine halbe Stunde weg von zu Hause. Das coole Leben in einer Studenten-WG lockt Anna leider auch nicht und für eine eigene Wohnung reicht das Geld nicht. Im Augenblick habe ich allerdings berechtigte Hoffnungen darauf, dass Anna früher oder später zu Jörg-Thomas zieht, ihrem neuen Freund. Jörg-Thomas sieht zwar nur unwesentlich besser aus, als sich sein Name anhört, aber er ist schon Arzt im Praktikum und der erste Typ von Anna, der sein eigenes Geld verdient und uns nicht ständig den Kühlschrank leer frisst. Wegen seiner Arbeit hat er fast keine Zeit für Anna, und wenn Ärzte nicht arbeiten, dann müssen sie ja auch noch gegen die Gesundheitsreform protestieren, also sehen die beiden sich höchst selten, aber Anna findet ihn trotzdem ganz toll, und auch sein Name scheint sie nicht wirklich zu stören. Neulich hat sie sich eine Frauenzeitschrift mit einem Hochzeits-Sonderteil gekauft und das Bild von einem

schneeweißen Tüllkleid ausgeschnitten. Es hängt an der Innenseite ihres Kleiderschranks, weil sie denkt, dass es dort keiner sieht. Aber ich sehe es zwangsläufig immer dann, wenn ich mir was von Annas Sachen ausborge. Das passiert ziemlich häufig, weil ich viel zu wenig eigene Klamotten besitze. Nicht, dass Annas Sachen besonders flippig wären, aber auf die Kombination kommt es an.
Ich bin Weltmeisterin im Kombinieren. Da Mama mir im Monat nur ein absolut lächerliches Taschengeld gibt, bleibt mir gar nichts anderes übrig als zu kombinieren und zu improvisieren.
Ich habe herausgefunden, dass eigentlich alles modern und hip ist, was man mit Selbstbewusstsein trägt. Man muss es nur mit etwas kombinieren, das nach Meinung der anderen auf jeden Fall total in ist. Dabei hilft mir nicht nur der Zugriff auf Annas und Mamas Kleiderschränke, sondern auch der Fundus bei Oma auf dem Speicher.
Was ich bei uns in der Klasse schon alles in Mode gebracht habe: Kniebundhosen mit Hosenträgern, Kasperlepuppen, die man sich auf die Schulter näht, Einkaufskörbe statt Rucksäcke und – Persianermäntel. Obwohl ich das inzwischen bereue, denn bei Persianer handelt es sich um das Fell echter Tiere, ekelhaft. Zu meiner Ehrenrettung: Ich war völlig ahnungslos, die Löckchen von Omas altem Mantel sahen so unecht aus – ich meine, welches Tier dreht sich schon Lockenwickler ins Fell?? – und der Mantel hat mir wirklich supergut gestanden.

Augenblicklich sind Kopfbedeckungen bei uns der letzte Schrei, allerdings hat noch niemand die blaue Federkappe nachahmen können, die ebenfalls von Omas Speicher stammt. Ehrlich gesagt ist sie ziemlich scheußlich, aber mir steht sie, und ich mag es, wenn ich die Einzige bin, die etwas besitzt.

»Mit deinem jungen, glatten Gesichtchen kannst du eben einfach alles tragen, Ellilein«, sagt Oma immer und seufzt dabei. Seit sie sechzig geworden ist, ist sie schrecklich eitel. Sie geht zweimal im Monat zur Kosmetikerin und trägt nur Sachen von Jil Sander und Armani. Leider, leider hält Oma ihre Kleiderschränke unter Verschluss, sodass ich nicht damit experimentieren kann. Immerhin, mir bleibt der Speicher, und da habe ich neulich den absoluten Knüller entdeckt: Omas Brautkleid. Sie und mein Opa haben ungefähr in der Steinzeit geheiratet, als es noch üblich war, einen Busen mit in das Oberteil einzunähen. Ein bisschen blöd, wenn man schon einen Busen hat, aber sehr praktisch, wenn man noch keinen hat wie ich. Im Sommer werde ich mit Kleid und Busen zur Schule gehen, und alle werden staunen.

»Na, wie war es heute in der Schule?«, fragte Anna. Seit sie ihr Studium begonnen hat, tut sie so, als sei Schule das Wunderbarste auf der Welt. Um sie nicht unnötig neidisch zu machen, berichtete ich nur von den unangenehmen Dingen, der Neuen mit dem schönen Namen, der Gleichung mit Unbekannten, dem Geschichtstest morgen und dem Mundgeruch unseres Deutschlehrers, Alke.

Anna verzog das Gesicht. Auch sie hatte Alke in Deutsch gehabt, sie kannte seinen Mundgeruch.

»Wie fauliges Katzenfutter«, sagte sie.

»Wie vergorene Milch«, ergänzte ich, und obwohl beide Geruchsrichtungen einander nicht unbedingt gleichen, nickten wir in schönstem Einvernehmen. Der Alke roch nach beidem, nach fauligem Katzenfutter *und* vergorener Milch.

Mama hatte es wieder mal nicht rechtzeitig von der Arbeit nach Hause geschafft, obwohl donnerstags eigentlich ihr freier Nachmittag war. Sie war gestresst, das sah man schon an der lieblosen Art und Weise, in der sie die Verpackung der Tiefkühlbaguettes aufriss und die Dinger in den Backofen warf. Die Sorgenfalte zwischen ihren Augenbrauen sah aus wie ein Ausrufezeichen, und an ihrem Hals hatte sie rote Flecken, wie immer, wenn sie in Hektik war.

»In der Firma ist die Hölle los«, sagte sie. Ihr linkes Auge war geschminkt, komplett mit braunem Lidschatten, Wimperntusche und Kajal, ihr rechtes war völlig nackt. Ich nahm nicht an, dass sie das mit Absicht gemacht hatte, obwohl es ihr Gesicht irgendwie interessant machte. Die zwei Seiten der Corinna R. Die junge und die alte. Die müde und die wache. Die hübsche und die hässliche. Die wahre und falsche. »Ich muss heute Nachmit-

tag noch mal hin. Könntest du bitte Sissi zum Nachhilfeunterricht fahren, Anna?«
»Ich schreibe Montag Klausur«, maulte Anna. »Da wollte ich eigentlich lernen und nicht Chauffeur spielen.«
»Und du hast doch versprochen, nachher mit mir Schuhe zu kaufen«, maulte ich.
»Herrgott noch mal!«, rief Mama. »Ihr seht doch, wie ich hier rotiere!« Und dann sagte sie, was sie ungefähr dreimal täglich sagt: »Ich habe auch nicht darum gebeten, auf einmal als Alleinerziehende mit Fulltime-Job dazustehen, ja, das war das Letzte, was ich wollte. Aber jetzt ist es nun mal so, und da müssen wir alle Zugeständnisse machen! Alle außer eurem Vater natürlich, der hält sich aus allem fein raus und macht sich mit seiner Tröte ein schönes Leben.«
»Dörte«, verbesserte Anna automatisch. Als ob Mama das nicht selber wüsste. Dörte war die neue Frau von meinem Papa, und sie konnte von Glück sagen, dass sie so gar nicht wie eine Dörte aussah. Also nicht klapprig, groß, mit durchscheinender Kopfhaut und vorstehenden, viel zu großen Vorderzähnen. Nein, Dörte sah eher aus wie eine Juana oder eine rassige Penelope. Aber das sagte ich Mama nicht, sie war so froh, dass Dörte wenigstens Dörte hieß, auch wenn sie nicht so aussah.
»Mach dir um die Nachhilfe keine Sorge«, bot ich großmütig an. »Wir könnten doch anrufen und absagen.«
Aber Mama wollte davon nichts wissen. »Kommt nicht in-

frage! Ich habe der netten Frau Gürteltier versprochen, dass wir das diesmal konsequent durchziehen. Abgesehen davon, glaub ja nicht, dass du bei deinen miserablen Noten auch noch mit neuen Schuhen belohnt wirst.«

Ich ersparte mir einen Kommentar. Mama dachte immer noch, dass Gürteltier ein Name sei, den man durchaus im Telefonbuch finden könne. Zur Strafe, dass sie mir wieder keine Schuhe kaufen wollte, würde ich ihr auch nicht sagen, dass sie vergessen hatte, das linke Auge zu schminken. Sollten die Leute in der Firma ruhig sehen, dass sie eigentlich aus zwei Persönlichkeiten bestand.

Anna maulte noch ein bisschen herum, aber schließlich erklärte sie sich doch einverstanden, mich zu fahren. Im Grunde ist sie leicht weichzuklopfen. Mama war wieder verschwunden, ehe wir unsere Baguettes aufgegessen hatten.

»Gesund ist das ja nicht«, sagte Anna missbilligend. »Da könnte ich genauso gut in der Mensa essen. Dort gibt es wenigstens Salat«.

»Ja, ab und an mal ein paar Vitamine und etwas Mutterliebe könnten nicht schaden«, stimmte ich zu. »Schließlich bin ich noch im Wachstum.«

❤ ❤ ❤

Als Anna mich zwei Stunden später wieder vor der Schule absetzte, zeigte sie auf die Uhr im Armaturenbrett und sagte mürrisch: »In genau einer Stunde bist du wieder hier, klar? Ich ruiniere mir so lange in der Eisdiele meine Figur. Deinetwegen.«

»Vielen Dank«, sagte ich. Ich hätte gern mit ihr getauscht, ein fettes Spaghetti-Eis statt Mathenachhilfe, das wär's gewesen. »Du könntest hingehen und dich als mich ausgeben«, schlug ich Anna vor. »Das wäre doch superlustig.«

»Das ist wohl kaum der Sinn der Sache«, sagte Anna, langweilig wie immer, und so machte ich mich höchstpersönlich auf den Weg zu E 5.

E 5 ist unser Klassenraum. Schon der Name ist öde, nicht wahr? Obwohl ich auf die Minute pünktlich ankam, war von meinem Nachhilfelehrer noch keine Spur zu sehen. Ich drückte probeweise die Klinke herab und siehe da – die Tür war offen. Na ja, im Grunde überraschte mich das nicht. Ich kann mir nicht vorstellen, dass jemand freiwillig in diesen Raum schleicht. Selbst die Putzfrauen ziehen nur eine müde Schleife über das Linoleum, und zu klauen gibt es hier auch nichts.

Obwohl – Kreide konnte man eigentlich immer gebrauchen. Ich steckte mir ein paar Stücke in die Tasche. Dann öffnete ich die Fenster weit. Es stank nämlich hier vorne. Alkes Mundgeruch hing zwischen Pult und Tafel wie ein böser Fluch.

Durch die Zugluft fiel die Tür hinter mir ins Schloss.

Es war ein komisches Gefühl, so ganz allein in der Klasse zu stehen. Ich schlenderte durch alle Reihen und sah in die Fächer unter den Tischen. Das Wenige, was ich fand, war ziemlich unappetitlich. Bei Melanie Nebelding lag eine Haarbrüste voller Haare, Valerie hatte ihr Französisch-Vokabelheft vergessen, unter Simon Drückers Tisch fand ich vier Handspiegel mit diversen Mitesserresten, bei Meinrad Sost verschimmelten Pausenbrote vom letzten Sommer. Außerdem klebte dort eine ganze Batterie Kaugummis in unterschiedlichen Grautönen – uah, erst Alkes Mundgeruch und jetzt auch noch das! Mein vitaminloses Tiefkühlbaguette kam mir beinahe wieder hoch, weshalb ich beschloss, lieber zu lesen, was auf den Tischen stand.

Es ist uns bei Androhung der Todesstrafe verboten, die Tische zu bekritzeln, aber eine alte Schülersitte lässt sich so ohne Weiteres nicht unterdrücken. Die kritzelfeindliche Resopaloberfläche unserer Tische war von mehreren Schülergenerationen gezeichnet worden, und das konnte man sich zunutze machen. Wer konnte schon beweisen, dass nicht schon im letzten Jahr jemand *Alke ist doof* auf den Tisch geschrieben hatte? Das ist schließlich ein zeitloser Tatbestand, genau wie *Alke stinkt*. Das hatte jemand in der vorderen Reihe mit einem spitzen Gegenstand brutal in die Tischplatte geritzt.

Bei Simon Drücker stand *Clearasil ist voll die Verarsche*, das war in Anbetracht seiner Hautprobleme vielleicht ein bisschen verräterisch, wenn auch nicht ganz so wie

beim Nebelding: Das hatte ungefähr vierzig Mal mit einem Permanentmarker *Melanie Nebelding* quer über das Pult geschrieben, und sie würde wohl kaum jemandem weismachen können, dass ein Schüler vor ihr das Pult beschmiert hatte, sozusagen in weiser Voraussicht, dass hier einmal eine Melanie Nebelding sitzen würde.
Wirklich, das Nebelding war dumm wie ein Kotelett.
Leider war es bei uns nicht viel besser, musste ich feststellen. Bei Leni stand: *Liebe Leni, bitte sag Walli, sie soll Sissi sagen, dass ich mich gerade schrecklich langweile.* Und bei Valerie stand: *Liebe Walli, Kati lässt Sissi ausrichten, dass sie sich gerade schrecklich langweilt.* Und bei mir stand: *Liebe Sissi, Leni schreibt, dass Kati dir ausrichten lässt, dass sie sich gerade schrecklich langweilt.* Gut, dass wir den Rest dann über Briefchen und SMS geklärt haben. Was sollen zukünftige Schülergenerationen denn von uns halten? Na ja, schlimmer als *Wie heißt noch mal der Einäugige von Tokio Hotel?* und *Meinrad, wo ist dein Rad, das ist doch mein Rad* war es dann auch nicht.
Die interessanteste Entdeckung machte ich bei Jakob. Dort stand nämlich mein Name, *Sissi*, umrahmt von einem Herz. Nicht, dass mich das wirklich erstaunte, ich meine, das wusste eigentlich jeder, dass Jakob in mich verknallt war, aber es so filzstiftblau auf resopalbraun zu sehen, war irgendwie was anderes.
Jakob und ich waren schon im Kindergarten die besten Freunde, und später in der Grundschule haben wir ne-

beneinandergesessen. Wir wohnten in derselben Straße. Früher hatten wir eine Seilbahn von Jakobs Kinderzimmerfenster zu meinem, und darin transportierten wir Playmobilmännchen und geheime Botschaften, geschrieben in einer Geheimsprache, die nur wir kannten. Leider musste die Seilbahn vor ein paar Jahren abgerissen werden, als Schulze-Reimpels, die Leute, die zwischen uns wohnen, ein weiteres Geschoss auf ihr Flachdach setzten. Jetzt gucke ich, anstatt zu Jakob rüber, direkt in das Zimmer von Oma Schulze-Reimpel, und in diesem Zimmer passiert wirklich überhaupt nichts. Die Oma sitzt den ganzen Tag wie scheintot auf ihrem Sessel am Fenster und glotzt zu mir rüber. Ich habe schon mal überlegt, ob die Schulze-Reimpels sie nicht ausgestopft haben, damit sie weiterhin die Rente für sie kassieren können. Gruselig, den ganzen Tag von einer ausgestopften Oma beobachtet zu werden, oder?

Jakob ist jedenfalls bis heute der Einzige, dem ich je erlaubt habe, mit meiner Arielle-Barbie zu spielen, und das soll wirklich was heißen. Das Wasserschloss, das er mir für Arielle aus Schuhkartons gebastelt hat, habe ich immer noch. Es hat vier Türme und ist mit Glitter, Muscheln und anderen Meerestieren beklebt. Die Dachpfannen sind Fischschuppen aus grüner Glitzerfolie, und alle Fenster kann man auf- und zumachen. Ich bewahre meine CDs darin auf, und niemand sonst hat so ein cooles CD-Regal. Arielle sitzt auf dem Dach und passt auf.

Bis letztes Jahr oder so bin ich immer einen Kopf größer gewesen als Jakob, aber mittlerweile hat er mich überholt, und das freut mich für ihn, denn ich bin gerade mal ein Meter achtundvierzig groß, und ich befürchte, so furchtbar viel werde ich wohl auch nicht mehr wachsen, meine Mama und Anna sind nämlich auch so kleine Stumpen von knapp eins sechzig.

Wie gesagt, ich wusste, dass Jakob in mich verknallt war, das ist er schließlich seit dem ersten Schuljahr, und hey, man muss schon ganz schön doll verliebt sein, wenn man einem Mädchen ein Glitzerschloss aus Schuhkartons bastelt, aber bisher hatte er noch nicht öffentlich darüber geredet. Dass er den Namen jetzt gleich in ein Herz schrieb, war mir irgendwie gar nicht recht. Ich meine, ich mochte Jakob wirklich sehr, manchmal sogar noch lieber als meine Eltern und vielleicht sogar unseren Kater Murks, aber deshalb würde ich seinen Namen nicht gleich in ein Herz schreiben. Ich versuchte, den Filzstift mit etwas Spucke zu verwischen, aber es klappte nicht, ich bekam nur eine blaue Fingerkuppe davon. Schließlich resignierte ich und sah auf die Uhr. Schon Viertel nach drei. Der Nachhilfefritze würde wohl nicht mehr kommen.

Ich kann nicht sagen, dass ich darüber betrübt war. Im Gegenteil, jetzt konnte ich mich zu Anna in die Eisdiele aufmachen, um gleichermaßen meine Figur zu ruinieren. Ich würde Fruchteis nehmen, beschloss ich. Ein paar Vitamine braucht schließlich jeder Mensch.

Als ich die Tür öffnete, fiel ein Junge ins Klassenzimmer, der mit dem Rücken dagegen gelehnt hatte. Er konnte sich gerade noch fangen.

»'tschuldigung«, sagte ich und wollte an ihm vorbei.

»Hey!« Der Junge hielt mich am Ärmel fest. »Kennst du vielleicht eine Elsbeth Raabe? Die sollte schon vor einer Viertelstunde hier sein.«

Oh nein! Das war der Nachhilfelehrer. Doch kein Eis für mich.

»*Ich* bin Elisabeth Raabe«, sagte ich seufzend. »Aber alle nennen mich Sissi.«

»Scheiße«, sagte der Junge.

»Nein – *Sissi*!« Ich sah mir den Typ genau an. Er war groß und trug Jeans mit Löchern. Seine Haare waren ziemlich lang und fielen in zerzausten Strähnen in sein Gesicht. Aber sie sahen frisch gewaschen aus und waren von einem sehr hellen Blond.

»Du solltest doch um drei hier sein«, sagte er unfreundlich.

»Das war ich ja auch.« Durch die blonden Haarsträhnen sah ich immerhin ein Auge, und das war so blau, dass es schon fast unecht wirkte. Entweder, der Typ trug farbige Kontaktlinsen, oder er hatte Augen wie ein Wick-Hustenbonbon.

»*Vor* der Tür«, sagte er. »Wir waren *vor* der Tür verabredet. Ich wollte gerade gehen.«

»Ich auch.« Ich sah nicht ein, warum ich die ganze

Schuld auf mich nehmen sollte. Wenn er ein bisschen intelligent gewesen wäre, hätte er mal reingeguckt. Das hatte ich ja schließlich auch getan.

Er sagte nichts mehr, guckte mich nur griesgrämig an. Ich wartete einige Sekunden ab. Wir steckten wohl in einer Art kommunikativer Sackgasse.

»Und jetzt?«, fragte ich.

»Jetzt haben wir nur noch eine halbe Stunde«, knurrte er und latschte vor mir in den Klassenraum. »Aber dass das klar ist, ich nehme trotzdem das Geld für die volle Zeit. Ist ja nicht meine Schuld.«

Ist auch nicht mein Geld, dachte ich und folgte ihm achselzuckend. Wenigstens roch er nicht ekelhaft und hatte auch keins dieser unappetitlichen Bärtchen, die sich so viele Jungs an unserer Schule wachsen ließen, einmal rund ums Kinn oder in merkwürdigen Linien quer durchs Gesicht, keine Ahnung, was das sollte, ich kannte jedenfalls kein einziges Mädchen, das darauf stand.

Mein bartloser Nachhilfelehrer deutete auf einen Tisch in der ersten Reihe, ausgerechnet auf Nebeldings Platz.

»Setz dich.«

Ich setzte mich zwei Plätze weiter.

Ein Wick-Hustenbonbon-Auge guckte genervt zwischen den Haaren hindurch, als der Typ sich auf den Stuhl neben mich setzte und einmal vernehmlich aufseufzte. »Okay, also, kann ich mal dein Mathebuch sehen und dein Heft?«

»Wie heißt du bitte?«, fragte ich. *Hallo*? Noch unhöflicher ging's ja wohl nicht.

Wieder ein Seufzer. »Konstantin Drücker«, sagte er dann und strich sich die Haare aus dem Gesicht. Ich sah, dass das andere Auge genauso blau war. Wahnsinn.

»Ich hab echt nicht den ganzen Tag Zeit.«

»Drücker?«

Noch ein Seufzer. »Mein Bruder Simon müsste in deiner Klasse sein.«

In der Tat. Das war er. Simon und seine Handspiegel. Ich suchte in Konstantins Gesicht nach Ähnlichkeiten mit Simon. Sie waren durchaus vorhanden: die gleiche lange Nase, eine ähnliche Augenpartie, nur vom armen Simon nahm man eben zuerst die Akne und den Schweißgeruch wahr. Ich fand, es gehörte wirklich Charaktergröße dazu, zuzugeben, dass man mit Simon verwandt war.

»Trägst du Kontaktlinsen?«, fragte ich.

»Was? Nein«, sagte Konstantin. »Also, fangen wir endlich an, oder möchtest du noch wissen, ob ich Nagellack benutze?«

»Nein«, sagte ich. Also wirklich!

»Was nehmt ihr gerade durch?«

Ich schob ihm meine Mathesachen rüber. »Winkel und Dreiecke und so was«, sagte ich.

»Geometrie!« Konstantins Miene hellte sich auf. Als er die erste Zeichnung erblickte, lächelte er sogar. Er hatte schö-

ne Zähne, blendend weiß, ein wenig nach innen gekippt. In seinen Mundwinkeln bildeten sich niedliche Grübchen. Ich weiß nicht warum, aber in diesem Augenblick wünschte ich mir, selber eine Matheaufgabe zu sein.
In meinem Magen machte sich ein seltsames Gefühl breit. Erst wollte ich es auf die Tiefkühlbaguettes schieben, aber dann merkte ich, dass es an Konstantin lag. Konstantin schlug mir auf den Magen. Und dann auch auf die Lunge: Plötzlich konnte ich gar nicht mehr normal atmen.
»Wunderbar«, sagte Konstantin. »Dann fangen wir mal an. Zeichne einen Winkel von hundertvierundvierzig Grad und unterteile ihn in vier gleich große Teilwinkel.«
Jetzt klopfte auch noch mein Herz wie verrückt. Was zur Hölle war denn nur mit mir los?
»Kannst du Erste Hilfe?«, fragte ich.
Konstantin sah mich verwirrt an. Diese Bonbonaugen! Über dem linken Auge teilte eine kleine weiße Narbe die Augenbraue. Die Art und Weise, wie er seine Augenbrauen jetzt zusammenzog, sodass sich über der Nase eine unwillige Doppellinie bildete, ließ auch noch meine Knie ganz weich werden.
Da wusste ich, was mit mir los war. Die weichen Knie kamen nämlich in fast jedem Buch, Film oder Song vor. Und sie bedeuteten immer nur das Eine.
»Du – sollst – die - sen – Win - kel – zeich - nen«, sagte Konstantin ganz langsam.
Aber das konnte ich beim besten Willen nicht. Ich hatte

mich nämlich soeben verliebt, zum ersten Mal in meinem Leben.

Es fühlte sich seltsam an, wie der Beginn einer schlimmen Grippe kombiniert mit dem mulmigen Gefühl, das man hat, wenn man dem Buskontrolleur sagen muss, dass man den Fahrausweis zu Hause vergessen hat – und doch war es ein gutes Gefühl.

Wären wir in einem Buch, einem Song oder einem Film gewesen, hätte Konstantin jetzt das Geometriearbeitsheft zur Seite geschoben und mich geküsst.

Aber ganz offensichtlich schien er meine Gefühle nicht zu teilen – eher im Gegenteil. Seine Augenbrauen trafen sich in der Mitte, so finster guckte er mich an. »Hör mal, Elsbeth, kriegst du überhaupt die Zähne auseinander, oder bist du tatsächlich so blöd wie du dreinschaust?«

Er mochte mich nicht. Er fand mich blöd. Und er nannte mich ELSBETH.

Okay, das waren definitiv keine guten Voraussetzungen. Aber es machte nichts. Ich war so schlecht in Mathe, dass wir noch genug Zeit miteinander verbringen würden. Früher oder später würde er meine Qualitäten schon erkennen.

Für heute aber hatte ich genug. Ich erkannte eine festgefahrene Situation, wenn ich sie vor mir hatte. Es war Zeit für einen strategischen Rückzug und die Sissi-Raabe-Magenverstimmungs-Show.

»Ich habe schreckliche Bauchschmerzen«, sagte ich. »Die

Tablette wirkt nicht, außer, dass sie ganz schwindelig im Kopf macht. Meinst du, wir können die Stunde verschieben?« Und ehe Konstantin böse werden konnte, setzte ich hastig hinzu: »Natürlich bezahle ich trotzdem.«

»Von mir aus«, sagte er. »Aber ich kann erst wieder nächsten Donnerstag.«

»Gut«, sagte ich. Dann hatte ich eine ganze Woche Zeit, mich auf ein neues Zusammentreffen vorzubereiten. Ich überreichte Konstantin die acht Euro, die mit Mama und dem Gürteltier als Honorar vereinbart worden waren.

Er bedankte sich nicht. »Das kann ja heiter werden«, sagte er nur.

Er mochte mich nicht. Noch nicht.

Mit vorgebeugtem Oberkörper, die Hand auf den Magen gelegt, schlurfte ich von dannen, wie es sich für eine Todkranke gehört.

Und ein bisschen so fühlte ich mich auch. Krank vor Liebe. Aber ich war mir ziemlich sicher, dass man daran nicht sterben konnte. Oder vielleicht doch?

»Die große Liebe kommt entweder schleichend oder mit einem großen Knall«, sagte ich, weil ich das mal irgendwo gelesen hatte und es mir jetzt wieder einfiel. »Das ist bei jedem anders. Ich bin offenbar der Große-Knall-Typ, und was für ein Typ bist du?«

»Auf jeden Fall habe ich keinen Knall«, reimte Anna. Wie zu erwarten, hatte sie noch in der Eisdiele gesessen, vor zwei leeren Milchshakegläsern. Sie wollte sofort nach Hause und erlaubte mir nicht, einen Eisbecher zu bestellen. Dabei hatte ich auf den Schreck hin unbändigen Appetit auf etwas Süßes bekommen. Ich nahm ersatzweise vier Eiskugeln in der Waffel auf die Hand, Tiramisu, After Eight, Heidelbeere und Stracciatella, die ich auf dem Weg zum Auto vertilgte.

»Ich meine es ernst . . .« Ich stockte. Dummerweise kreuzte nämlich Konstantin in etwa zwanzig Meter Entfernung unseren Weg, und er sah genau in unsere Richtung. Ich blieb erschrocken stehen. Selbst auf diese Entfernung musste mein Eis riesenhaft aussehen, und nicht wie etwas, das eine Magenkranke anstelle von Medizin einnehmen würde.

»Halt mal«, sagte ich zu Anna, drückte ihr das Eis in die Hand und bückte mich hastig, als ob ich meine Schnürriemen neu knoten müsste. Vielleicht glaubte Konstantin ja, dass ich das Eis nur für Anna getragen hatte. Vielleicht hatte er mich auch gar nicht erkannt.

Als ich wieder hochkam, war von ihm keine Spur mehr zu sehen.

»Hey«, sagte ich zu Anna. »Ich hab nicht erlaubt, dass du dran leckst! Gib her, das ist mein Eis!«

»Knalltüte«, sagte Anna.

ZWEI

»Wie findest du das, Sissi?«, fragte Jakob.
»Hm, gut«, sagte ich zerstreut. Ich hatte kein Wort von dem gehört, was er gesagt hatte.
»*Gut?*«, wiederholte Jakob, und der Schulbus legte sich dabei in eine Kurve. »Du findest es *gut*, dass ein Meteorit fünfzig Prozent allen Lebens auf der Erde auslöschen wird?«
»Wann denn das?«, fragte ich erschrocken.
Jakob seufzte. »Du hast mir überhaupt nicht zugehört, stimmt's? Irgendwie bist du heute mit deinen Gedanken total woanders.«
Ja, und zwar bei Konstantin! Ich konnte fast an nichts anderes mehr denken, sogar hier im Schulbus. Vorm Einschlafen hatte ich mir vorgestellt, wie er meine Hand hielt, nachts hatte ich von ihm geträumt, und das Erste, was mir am Morgen eingefallen war, war Konstantin. Aber das verriet ich Jakob natürlich nicht.
Ich war also wirklich verliebt. Genau wie in einem Roman. Das war toll! Ich hatte nämlich allmählich schon daran gezweifelt, ob ich mich jemals verlieben würde und auch mal

mit so einem verklärten Lächeln durch die Gegend rennen würde wie meine Freundinnen. Am verklärtesten war Valerie, die war schon seit der Fünften in Meinrad Sost verknallt (jahaaa, das ist der mit den Kaugummis unterm Tisch!), und ihr Blick war so verschwommen, dass sie ständig irgendwo gegenrannte, wenn sie an Meinrad dachte, einmal sogar gegen einen Laternenpfahl.

Das allerdings wollte ich nicht unbedingt nachmachen. Ich wollte Konstantin auch nicht jahrelang aus der Ferne anhimmeln, so wie Valerie es mit Meinrad tat. Ich war fest entschlossen, *meinem* Roman ein Happy End zu verleihen. Also überlegte ich, was ich tun konnte, um Konstantin näherzukommen.

Mein erster Schachzug war ebenso einfach wie genial. Ich tauschte nämlich einfach mit der Neuen, Alyssa Kirschbaum, den Platz. Auf diese Weise saß ich neben Simon, und wer konnte mir besser über Konstantin Auskunft erteilen als sein kleiner Bruder?

Jakob und meine Freundinnen sahen mich völlig konsterniert an. Alyssa konnte ihr Glück kaum fassen. Sie dachte zuerst, ich wollte sie verarschen.

»Bist du ganz sicher?«, fragte sie.

Alle Augen ruhten auf mir, auch Simon kratzte sich ratlos an einem Pickel. Aus der Nähe betrachtet sah er noch schrecklicher aus, und sein Deo hatte auch schon wieder versagt. Aber ich war in seinen Bruder verliebt, und das erforderte verschärften Einsatz.

»Absolut sicher«, sagte ich und lächelte Alyssa an.
Sie lächelte zurück. Da sie nicht verstand, dass ich mich nicht für sie opferte, sondern aus reinem Egoismus handelte, hielt sie mich für das netteste Geschöpf auf Gottes Erdboden. Alle anderen hielten mich für verrückt. Auch Simon.
»Warum willst du neben mir sitzen?«, fragte er misstrauisch. »Niemand will freiwillig neben mir sitzen.«
»Weil . . . ehrlich gesagt, verstehe ich mich augenblicklich nicht so gut mit Valerie«, sagte ich.
»Ach ja?«, sagte Simon. »Aber vorhin habt ihr euch noch Küsschen gegeben.«
Okay, er glaubte mir nicht. »Verrat es keinem weiter«, sagte ich und senkte meine Stimme. »Ich sehe nicht so gut, will aber keine Brille tragen. Wenn ich hier vorne sitze, kann ich wieder lesen, was auf der Tafel steht.«
Diese Erklärung stellte Simon offenbar zufrieden, und daher verlor ich keine weitere Zeit und fiel direkt mit der Tür ins Haus: »Hat dein Bruder dir eigentlich gesagt, dass ich Nachhilfe bei ihm habe?«
»Echt? Du Arme«, sagte Simon. »Mit mir lernt er auch immer, das ist die Hölle.«
»Wie meinst du das?«
»Wirst du schon noch merken«, sagte Simon. »Er ist ein Ekel. Keine Ahnung, warum alle Mädchen den so toll finden.«
»Vielleicht, weil er gut aussieht?«, schlug ich vor.

»Es kommt doch nicht nur auf das Aussehen an, oder?« Simon kratzte sich einen Pickel blutig.

»Nein, nein«, sagte ich. Nicht nur, jedenfalls. »Hat er eine Freundin?«

»Ist mir doch egal«, sagte Simon.

Aber mir nicht! »Hat er eine oder nicht?«

»Er hat immer irgendeine«, sagte Simon. »Aber es lohnt sich nicht, sich die Namen zu merken, sie wechseln jede Woche.«

Aha. Hm. Das klang nicht gut. Aber es war besser als zu hören, dass Konstantin bereits seine große Liebe gefunden hatte.

»Und was macht er so in seiner Freizeit?«, wollte ich gerade fragen, als der Alke reinkam und mit dem Unterricht anfing. Er hatte noch keine drei Sätze gesprochen, da wusste ich wieder, warum ich so gerne hinten gesessen hatte: Bis dahin roch man seinen Mundgeruch nicht.

Die Zeit bis zur Pause dehnte sich unglaublich lang aus, und Simon redete auch nicht mehr mit mir.

»Du bist irgendwie grün im Gesicht«, sagte Leni, als ich mich zu ihnen stellte.

Valerie schnupperte an mir wie ein Hund.

»Lass das!«, sagte ich.

»Ich will nur prüfen, ob Simons Geruch vielleicht auf dich übergeht«, sagte Valerie. »Warum hast du das gemacht?«

»Ich wollte, dass Alyssa eine Chance hat, sich in unserer Klasse wohlzufühlen«, sagte ich.

Alyssa lächelte mich warm an. »Das ist echt supernett von dir. Mir war gestern noch den ganzen Nachmittag übel. Ich wollte eigentlich gar nicht mehr wiederkommen. So was wie Simon gibt es in Kalifornien nicht. Da sind die Jungs wirklich total anders.«

»Hier sind ja auch nicht alle so wie Simon«, sagte Valerie sofort und sah hinüber zu ihrem geliebten Meinrad, der gerade den beschränkten Robert Lakowski dazu brachte, einen Pappbecher mit Orangensaft auf seinem Kinn zu balancieren.

»Aber sie sind so kindisch«, sagte Alyssa. »Das sind doch echte Babys in der Klasse. Ich wette, von denen weiß kein Einziger, wie man richtig mit Zunge küsst, geschweige denn, wo sich die Klitoris befindet.«

»Die was?«, fragte Valerie naiv wie immer, aber Leni, Kati und mir stand der Mund ziemlich weit offen. Auch Melanie Nebelding, die neben uns ihren Schokoladenjoghurt verzehrte, sah verblüfft aus. Das Wort »Klitoris« hatte bisher nicht zu unserem Vokabular gehört. Obwohl wir natürlich wussten, worum es sich dabei handelte (Biologie-Unterricht, sechste Klasse, weibliche Geschlechtsorgane), das heißt, alle außer Valerie, die hatte es nicht so mit Fremdwörtern.

Alyssa tat so, als bemerke sie unsere Reaktion gar nicht. Der beschränkte Robert kippte sich – wie sollte es auch anders sein? – den Orangensaft übers T-Shirt und kreischte wie ein Brüllaffe. Meinrad lachte sich kaputt.

»Einfach rückständig, die Deutschen«, sagte Alyssa verächtlich.

»Ja«, sagte das Nebelding und strich sich die Haare aus dem Gesicht. »Aber nur die Jungs.« Das Nebelding war schon vierzehn, weil es einmal sitzen geblieben war, und es hatte einen richtigen Busen und wusste sicher auch, wo die Klitoris war und so was. Bei der letzten Klassenfete bei Meinrad Sost zu Hause in der Garage hatte das Nebelding ein Kuss-Spiel organisiert – mir wird jetzt noch anders, wenn ich daran denke. Alle mussten sich im Kreis hinsetzen und reihum würfeln. Bei einer Eins passierte gar nichts, bei einer Zwei musste man sich einen Partner suchen und ihn auf die Wange küssen, und bei einer Drei gab es einen Kuss auf den Mund. Bei einer Vier musste man sich zehn Sekunden lang auf den Mund küssen (und das ist wirklich lang!), und bei einer Fünf musste es ein richtiger Zungenkuss sein. Bei einer Sechs musste man sich gegenseitig während des Zungenkusses unter das T-Shirt fassen. Schon während das Nebelding die Spielregeln erklärte, war mir ganz übel geworden. Es ist eine Sache, von einem Zungenkuss zu reden, aber eine andere, es auch zu tun. Was genau macht man dabei eigentlich mit den Zungen? Ich wusste es jedenfalls nicht. Eigentlich hatte ich deshalb gar nicht mitspielen wollen, aber weil alle anderen mitmachten, wollte ich nicht unangenehm auffallen. Ich hatte auch echt Glück: Wenn ich dran war, wurden immer nur Einsen und Zweien gewürfelt. Und einmal eine Vier, aber da küsste ich einfach Jakob, und das war nicht schlimm. Dafür konnte ich genau hinschauen, wenn die anderen sich mit Zunge küssten. Ich hatte nicht den Eindruck, dass die meisten wussten, was sie da taten, und ich war nachher genauso klug wie vorher. Das Nebelding hatte zweimal eine Sechs, und sowohl Meinrad als auch Tim Bosbach hatten ihr unterm T-Shirt rumgefummelt. Auch Kati hatte eine Sechs gewürfelt, aber als der beschränkte Robert Lakowski seine Hand unter ihr T-Shirt schob, hatte sie einen Lachkrampf bekommen, und die Sache musste abgebrochen werden.

Alyssa drehte sich eine ihrer Kringellocken um den Zeigefinger. »Ich würde nie was mit so einem Baby aus unserer Klasse anfangen. Denen muss man doch noch alles beibringen.«

»Wem sagst du das?«, seufzte das Nebelding.

Valerie sah wieder sehnsüchtig zu Meinrad hinüber und kratzte sich gedankenverloren an Helmut – so hatte sie den Pickel an ihrem Kinn unten links getauft.

Alyssa stieß mich in die Rippen. »Siehst du *den* da?«, fragte sie.

Ich folgte ihrem Blick und sah – Konstantin. Oh, wie sah er heute wieder süß aus. Und diese wunderbaren Wick-Hustenbonbon-Augen strahlten genau in unsere Richtung. Sofort wurden meine Knie wieder weich. Beinahe

hätte ich ihm zugewunken, aber im letzten Moment konnte ich meine Hand noch stillhalten. Es war noch zu früh für derartige Vertraulichkeiten. Wenn Konstantin mich überhaupt erkannte, dann dachte er sicher nur »Oh Gott, da vorne winkt die blöde Elsbeth«.
»Der ist aber niedlich«, sagte Alyssa. »Und genau im richtigen Alter. Kennst du den? Weißt du, wie er heißt?«
»Nee«, sagte ich, und mein Herz klopfte wie nach einem Hundertmeterlauf.
»Egal! Ich werde das schon rauskriegen. Oh, ich glaube, er hat mich angelächelt.« Alyssa strich sich ein Kringellöckchen hinters Ohr. »Hast du das gesehen?«
»Nein«, sagte ich. Wie bitte? Wenn überhaupt, dann hatte er mich angelächelt.
»Ich gefalle ihm«, sagte Alyssa. »Ich werde herausfinden, wie er heißt, und dann werde ich seine Freundin.«
»So einfach ist das nicht«, sagte ich.
»Doch«, sagte Alyssa. »So einfach ist das wohl. Jungs wollen im Grunde alle nur das Eine. Man muss ihnen nur signalisieren, dass man dazu bereit ist.«
Aha. Aha. Aha. Und wie genau signalisierte man so etwas?
»Dieses Sahnebonbon da vorne gibt sich bestimmt nicht mit ein bisschen Knutschen zufrieden«, sagte Alyssa. »Genauso wenig wie ich.«
»Oder ich«, sagte das Nebelding. »Sex regiert die Welt. Das sagt meine Mama auch immer.«

»Yeah, Baby.« Sagte Meinrad Sost, der gerade mit dem beschränkten Lakowski an uns vorbeikam, auf dem Weg zum Jungenklo, vermutlich um Lakowskis T-Shirt auszuwaschen. »Sex ist zufällig mein zweiter Vorname.«
Was hatte das Nebelding nur für eine Mutter? Meine hatte ich noch nie das Wort »Sex« aussprechen hören, sie wusste sicher gar nicht mehr, was das überhaupt war.
Wenn das Nebelding und Alyssa recht hatten und Jungs wirklich nur »das Eine« wollten, dann konnte ich mich eigentlich gleich beerdigen lassen. Davon verstand ich nämlich gar nichts.
Nicht mal vom Knutschen.
Was war ich doch dämlich gewesen! Irgendwie hatte ich als »Happy End« für meinen persönlichen Liebesroman nur im Kopf gehabt, dass Konstantin und ich uns am Ende in die Arme fielen. Ich hatte total verdrängt, dass es ja danach erst richtig losgehen würde.
So ein Mist!
Konstantin verschwand im Mittelstufenraum und Alyssa drehte sich zu mir um. »Ich habe gehört, ihr habt eine Band?«
»Ja«, sagte ich. Die *Fier Falschen Fünfziger* – das waren Valerie, Leni, Kati und ich. Ich weiß, dass »vier« vorne mit V geschrieben wird, aber das »F« war unser Markenzeichen und machte die besondere Note aus. »Ich spiele Keyboard, Leni Schlagzeug und Valerie Gitarre. Äh, und Kati . . . äh . . . singt.«

Eigentlich spielte Kati Blockflöte, aber das wollte ich Alyssa nicht gleich auf die Nase binden. Blockflöte ist ja nicht gerade ein typisches Instrument in einer coolen Band, aber Kati kann nichts anderes, und jetzt ist die Blockflöte eben unser Saxofon. Kati ist leider total unmusikalisch, aber sie wollte unbedingt mitmachen, und singen tut sie auch immer, am lautesten von allen, obwohl sie eigentlich nur leise im Background vor sich hin summen sollte. Na ja, da konnte man nichts machen, unter Freundinnen muss man das einfach hinnehmen.

»In L. A. habe ich auch in einer Band gespielt«, sagte Alyssa. »Keyboard and Voices. Und ich hatte einen Workshop im Video Dance.«

»Oh, toll«, sagte Valerie. »Vielleicht kannst du bei uns mitmachen?«

Wir anderen sahen uns überrumpelt an.

»Eigentlich haben wir ja schon eine Keyboarderin«, sagte Leni. »Nämlich Sissi.«

Danke.

»Und es heißt *Fier* Falsche Fünfziger«, sagte Kati. »Nicht fünf!«

»Aber Alyssa kann doch auch singen – und sie könnte uns eine coole Performance beibringen«, sagte Valerie begeistert »Nicht wahr, Alyssa?«

»Klar«, sagte Alyssa ein bisschen gönnerhaft. »Ich guck mir das gerne mal an.«

»Toll«, sagte Valerie und strahlte. »Wir proben immer montags im alten Kunstkeller. So gegen vier?«

Leni, Kati und ich kamen erst auf dem Weg zur Bushaltestelle dazu, Valerie anzupflaumen.

»Was fällt dir ein, Alyssa einfach wegen der Band zu fragen?«, rief Leni. »Ohne das vorher mit uns abzusprechen!«

»Sie ist sowieso schon so eine eingebildete Kuh«, sagte Kati.

»Und wahrscheinlich eine Nymphomanin, genau wie das Nebelding. Verrückt nach Männern«, sagte Leni und äffte Alyssa nach: »*Ich gebe mich nicht mit ein bisschen Knutschen zufrieden . . .*«

»Ihr wisst doch gar nicht, ob sie eine Impfomanin ist«, sagte Valerie, wieder mal mit einem neuen Fremdwort kämpfend. »Ihr kennt sie doch noch gar nicht. Und was ist das überhaupt?«

Kati und Leni verdrehten die Augen.

»Impfomaninnen können nicht singen«, sagte ich.

»Und wennschon«, sagte Valerie. »Dafür sieht sie gut aus, und sie weiß mit Jungs Bescheid, zumindest mit amerikanischen, und so was ist viel wichtiger als die Musik selber. Ihr werdet sehen, wenn Alyssa bei uns mitmacht, kommen viel mehr Leute zu unseren Konzerten.«

»Du meinst Meinrad, stimmt's?«

»Welche Konzerte denn?«, fragte Kati. »Wir hatten bisher noch gar keins.«

»Ja, aber mit Alyssa wird sich das sicher ändern«, sagte Valerie. »Jede Band braucht auch ein Mädchen, das gut aussieht. Das Auge isst mit, sagt man doch. Wir werden endlich berühmt werden. Vielleicht engagiert uns Tokio Hotel als Vorgruppe oder so. Mit so einem hübschen Frontgirl.«
»Ach, und wir sehen wohl alle aus wie Müllbeutel, oder was?«, sagte Kati böse.
»Ihre Haare sind schon toll«, sagte Leni widerstrebend.
»Und sie hat keinen einzigen Pickel.« Valerie kratzte wieder an Helmut. »Ihr müsst zugeben, dass sie total hübsch ist.«
»Ja, aber doch nicht hübscher als i- zum Beispiel Sissi«, sagte Kati.
»Sissi ist ein ganz anderer Typ«, sagte Valerie. »So blond und mit Sommersprossen und so. Aber Alyssa, die hat wirklich Kla...«
»Ach, halt den Mund, Walli«, sagte Kati. »Man könnte glatt denken, du wärst in Alyssa verknallt.«
In diesem Augenblick bremste der Schulbus vor uns und das übliche Gerangel an der Haltestelle begann. Ich stellte mich außerhalb der Reichweite von Krallen, Fäusten und den harten Scouts der Babys aus der Fünften und wartete, bis alle im Bus waren. Dann erst kletterte ich hinein und ließ mich lässig auf den Platz fallen, den Jakob mir wie jeden Tag freigehalten hatte. Das war

ein echter Luxus, um den mich Valerie, Leni und Kati glühend beneideten.

»Alles in Ordnung mit dir?«, fragte Jakob.

»Ja, danke«, sagte ich trübsinnig. In Wirklichkeit machte ich mir Sorgen. Was, wenn Melanie und Alyssa recht hatten und Konstantin sich nicht mit ein bisschen Knutschen zufriedengab? Er würde doch sofort mit mir Schluss machen. Falls er überhaupt jemals aufhören würde, mich Elsbeth zu nennen und blöd zu finden. Und Signale konnte ich auch nicht senden.

»Warum hast du dich neben Simon gesetzt?«, fragte Jakob.

»Weil – ach, das ist eine längere Geschichte«, sagte ich.

»Jakob? Was genau macht man eigentlich mit den Zungen bei einem Zungenkuss?«

Jakob wurde ein bisschen rot im Gesicht. »Äh . . . tja . . . das ist schwer zu erklären.«

»Versuch es trotzdem«, sagte ich. Ich wusste, dass er schon mal mit Zunge geküsst hatte, bei diesem Würfelspiel in Meinrads Garage nämlich. Er hatte Kati geküsst und Iris Winkler.

»Eigentlich kann man es nicht erklären«, sagte Jakob. »Man muss es eben ausprobieren.«

»Das dachte ich mir schon«, sagte ich verstimmt und sah aus dem Fenster. Trotzdem merkte ich ganz genau, wie Jakob mich von der Seite anstarrte.

»Sollen wir heute ein bisschen rollerblden?«, fragte er nach einer Weile.

»Von mir aus«, sagte ich.

»Okay, dann komm ich nach den Hausaufgaben rüber«, sagte Jakob.

♥ ♥ ♥

Anna und ich machten uns Nudeln mit einer Fertigsoße zum Mittagessen, dazu schnitt Anna eine Salatgurke in Scheiben. Sie war den ganzen Tag zu Hause geblieben, um zu lernen, und sie hatte ihre Lehrbücher im ganzen Wohnzimmer verteilt. Während sie lernte, schaute sie sich immer die Wiederholungen von Kochsendungen an, außerdem alle möglichen Serien, in denen Leute ihre hässlichen Wohnungen verschönern ließen und vor Freude heulten, wenn sie das Ergebnis sahen.

»Das wäre auch mal was für uns hier«, sagte Anna und zeigte auf die in die Jahre gekommenen Ikea-Möbel ringsrum. »Diese Wischtechnik an den Wänden ist doch längst wieder out. Murks hat die Polstermöbel zerrupft, und in der Tür ist immer noch die Macke von damals, als Mama den Couchtisch nach Papa geworfen hat. Ich werde an den Sender schreiben und ein Foto beilegen. Eins von der Wohnung und eins von Mama. Dann werden sie vor Mitleid dahinschmelzen.«

»Au ja, mach das!«, sagte ich. Ich konnte mich nicht daran erinnern, dass Mama jemals mit Möbeln nach Papa geworfen hatte. Aber zuzutrauen war es ihr. »Wenn sie

Papa statt der Tür getroffen hätte, hätte der sicher immer noch eine Macke.«

»Sie konnte ihn nicht treffen, weil er überhaupt nicht da war, als sie den Couchtisch nach ihm geworfen hat«, sagte Anna. »Da war er nämlich gerade mit Dörte auf den Malediven.«

Unsere Eltern waren nun schon seit vier Jahren getrennt, aber meine Mama war immer noch wütend auf meinen Papa. Anna übrigens auch. Sie besuchte ihn höchstens alle zwei Monate und benahm sich Dörte gegenüber reichlich unhöflich. Ich war auch nicht gerade begeistert gewesen, als Papa ausgezogen war. Und erst recht nicht, als sich herausstellte, dass er bei Dörte eingezogen war. Aber mittlerweile hatte ich mich daran gewöhnt. Und Dörte war eigentlich ganz nett. Das durfte man Mama und Anna nur nicht erzählen. Ich beschloss, das Thema zu wechseln.

»Anna, was genau macht man eigentlich mit den Zungen bei einem Zungenkuss, und wie funktioniert Petting? Und was muss man tun, um einem Jungen zu signalisieren, dass man mehr will als knutschen?«

»Wie bitte was?«, fragte Anna.

»Du wirst doch wohl wissen, was Petting ist!«, sagte ich.

»Ja, aber mit dreizehn wusste ich es noch nicht«, sagte Anna und reckte ihre Nase in die Luft. »Da habe ich mich für so was wirklich nicht interessiert.«

»Ja, weil du diese furchtbare Zahnspange hattest, die

beim Sprechen immer geklappert und gequietscht hat«, konterte ich.

»Sie hat nicht geklappert und gequietscht«, sagte Anna und setzte etwas leiser hinzu: »Ich musste nur immer furchtbar sabbern.«

»Aber jetzt sind deine Hasenzähne schön gerade. Und du hast Jörg-Thomas«, sagte ich. »Also, wie funktioniert das mit den Zungen?«

»Das werde ich dir ganz sicher nicht erklären«, sagte Anna. »Mama würde mir den Kopf abreißen. Sie wollte ja schon nicht, dass ich dir zeige, wie man einen Tampon benutzt.«

»Ja, aber dafür werde ich dir ewig dankbar sein«, sagte ich. Ich hatte vor vier Monaten meine erste Periode bekommen, und wenn Anna nicht gewesen wäre, dann hätte ich mit Windeln in die Schule gehen müssen. So wie Valerie. Sie fragte uns alle zehn Minuten, ob man was sehen könnte, und immer musste einer von uns hinter ihr hergehen, damit kein anderer einen Blick auf ihren Hintern werfen konnte.

»Mama wird ausrasten, wenn sie hört, dass du so frühreife Anwandlungen hast«, sagte Anna.

Wo sie recht hatte, hatte sie recht. Der einzige Beitrag meiner Mutter zu meiner Aufklärung hatte in einem Buch mit dem Titel »Wo kemma eigentlich de kloana Schrazerl her« bestanden. Es war in bayrischer Mundart geschrieben, und als ich es mit acht Jahren gelesen habe, war es genauso, als ob es in Chinesisch geschrieben wäre.

»Von wem bist du denn aufgeklärt worden?«, fragte ich. »Und jetzt sag bitte nicht von Jörg-Thomas!«

»Wir hatten Aufklärungsunterricht in der Schule«, sagte Anna würdevoll.

»Ja, *das* hatten wir auch«, sagte ich. »Aber da hat uns niemand erklärt, wie ein Zungenkuss funktioniert. Oder was man beim Petting beachten muss.«

Genau genommen hatte man uns haarklein über die Entstehungsphasen eines Kükens und eines menschlichen Embryos informiert. Wir waren sozusagen life dabei gewesen, wie sich die Spermien auf dem Weg zur Eizelle die Zeit vertreiben, weil wir darüber einen Film gesehen hatten. Manche Spermien lassen sich von eigenartigen mikroskopisch kleinen Bürstchen den Kopf kraulen und vergessen dabei, was sie eigentlich vorhatten. Aber wie nun die Spermien an ihre Startposition gelangen, das kam im Film nicht vor. Dieser Teil der Geschichte wurde nur äußerst sparsam abgehandelt, unser Biolehrer hat dafür nicht mal zehn Minuten gebraucht, und genuschelt hat er dabei auch noch. Im Biobuch stand auch nicht mehr darüber. Wir kannten eigentlich nur die recht abstoßenden Fakten: A wird mithilfe von Schwellkörpern steif und dann in B eingeführt. Kann man das allen Ernstes Aufklärung nennen? Gut, wir wussten jetzt, dass die Kinder nicht vom Storch gebracht werden, aber konnte man uns mit der nackten Tatsache, dass A in B gesteckt wird, auf das Leben loslassen? Ich denke, nein.

»So was liest man wohl am besten in der *Bravo* nach«, sagte Anna.

Ich sah sie überrascht an. Die *Bravo* war bei uns zu Hause verboten. Für Mama fiel sie in die Kategorie »Sachen, die Kinder verderben«, zusammen mit Spielzeugwaffen, MTV und Viva, Cola und Nagellack. Deshalb wusste ich auch nie genau, welche *Tokio Hotel*-Sänger miteinander verwandt waren.

»Vielleicht verrätst du mir mal, warum du so plötzlich an diesen Dingen interessiert bist«, sagte Anna.

Ich kämpfte eine Sekunde mit mir, dann siegte mein Mitteilungsbedürfnis. »Der Nachhilfelehrer, weißt du«, sagte ich. »Der ist echt süß.«

»Ist der nicht schon in der Zehnten?«, sagte Anna.

»Doch«, sagte ich.

»Der ist doch viel zu alt für dich«, fragte Anna.

»Er ist nur drei Jahre älter«, sagte ich. »Wenn mich nicht alles täuscht, ist Jörg-Thomas sechs Jahre älter als du.«

»Das ist was anderes«, sagte Anna.

»Na klar, bei dir ist immer alles was anderes«, sagte ich.

Ich kam erst Montag nach der Schule dazu, mir eine *Bravo* zu kaufen, denn am Wochenende war Mama immer in meiner Nähe gewesen. Am Wochenende tat es ihr nämlich immer leid, dass sie die ganze Woche so gestresst und gemein zu uns gewesen war, und deshalb wollte sie dann alles auf einmal nachholen. Sie war mit uns im Kino gewesen und hatte mir sogar die versprochenen Schuhe gekauft. Im Gegenzug musste ich dann aber mit ihr zu Aldi, wo sie mich gezwungen hat, einen Zwölferpack Klopapier quer über den ganzen Parkplatz zu tragen, obwohl dort Meinrad und der beschränkte Robert mit ihren Skateboards herumfuhren.

»Herrgott noch mal, Sissi, was ist denn schon dabei!«, hatte Mama gesagt, als ich hinter einer dicken Oma Deckung suchte und mich weigerte, mein Versteck wieder zu verlassen. »Diese Kinder werden ja wohl auch Toilettenpapier benutzen.«

»Aber sie tragen es nicht durch die Gegend«, hatte ich erwidert. »Und außerdem sind wir keine Kinder mehr.«

Dummerweise hatte die Deckungs-Oma ganz vorne geparkt, und unser Auto stand am anderen Ende des Parkplatzes. Die Oma nahm keine Rücksicht auf mich, stieg in ihr Auto und fuhr davon. Mir blieb mir gar nichts anderes übrig, als direkt an Meinrad und Robert vorbeizumarschieren. Ansonsten hätte ich bei Aldi übernachten müssen.

»Oh, Sissi Raabe!«, rief Meinrad und machte eine Angeberbremsung vor meinen Füßen. »Flauschig, recycelt und vierlagig – was anderes hätte ich auch nicht von dir erwartet.«

»Ach, halt die Klappe, Meinrad!«, sagte ich.

Spätestens Montagmorgen in der Schule war klar, dass Meinrad das Klopapier nicht vergessen hatte. In der Pause fing er eine Diskussion über Sprichwörter und ihre Bedeutung an. »Du bist, was du isst«, sagte er und guckte zu Simon hinüber, der gerade ein BiFi aß. »Und du bist, womit du dir den Hintern abputzt. Verratet mir euer Klopapier, und ich sage euch, wer ihr seid . . .«

»Gott, wie kindisch!« Alyssa verdrehte die Augen. »Guck mal, Sissi, dahinten ist *er* wieder! Ich muss unbedingt seinen Namen herausbekommen.« Sie zeigte auf Konstantin, der sich mit einem ziemlich hübschen Mädchen aus seiner Klasse unterhielt und dabei lachte. Oh mein Gott! Er sah so süß aus, wenn er lachte. Ich war immer noch verliebt, vielleicht sogar noch mehr als vor dem Wochenende. Das merkte ich an meinen weichen Knien.

Eigentlich hätte ich Alyssa ja seinen Namen sagen können, aber ich dachte nicht im Traum daran. Wenigstens diesen einen Vorteil wollte ich nutzen, wenn ich mich schon nicht mit Zungenküssen und dubiosen Signalen auskannte und meine Haare sich nicht in so süße Kringel legten wie ihre. Simon hatte mir bisher nicht viel über seinen Bruder verraten, aber ich wusste immerhin, dass er keinen Fisch mochte, Tennis und Schach spielte und jede Woche eine neue Freundin hatte. Außerdem hatte er Schuhgröße 45.

»Ich muss sein ganzes altes Zeug auftragen«, schimpfte Simon. »Sogar die Schuhe.«

Ich betrachtete Simons Klamotten daraufhin mit anderen Augen. Kaum zu fassen, dass Konstantin diesen Pullover mal angehabt haben sollte. Ich meine, dieses unförmige blaue Ding konnte vermutlich von ganz allein stehen, wenn Simon es mal auszog.

Ich musste mich beeilen, um eine *Bravo* am Kiosk zu kaufen, bevor der Bus kam. Ich hatte Glück, diese Ausgabe hatte nämlich einen Sonderteil, der »Mein erstes Mal« hieß, und außerdem gab es eine Rubrik mit der Überschrift »Loveschool«. Sehr gut. Ich konnte es kaum abwarten, die *Bravo* zu lesen, deshalb drängelte ich mich ausnahmsweise mal selber in den Bus, um einen Sitzplatz zu ergattern. Jakob winkte mir von hinten zu, aber ich tat, als würde ich ihn nicht sehen, schubste zwei Fünftklässler beiseite und ließ mich auf den letzten freien Platz weit und breit fallen.

Die Fünftklässler quengelten zwar, sie seien vor mir da gewesen, aber ich ignorierte sie. Im Schulbus herrscht das Darwinsche Gesetz: Der Stärkere überlebt.

Ich atmete tief durch und widmete mich ganz und gar meiner Aufklärungslektüre. *Das erste Mal.* Zuerst erfuhr ich, wie es bei Nino und Pia, 16, war. *Wir gingen zusammen spazieren und ins Kino und blödelten mit den Affen im*

Zoo – ja, hallo? In Anbetracht der Dringlichkeit des Themas hätte man solche Nebensächlichkeiten ruhig weglassen können, fand ich. *Am schönsten war es, mit Nino zu schmusen,* schrieb Pia, und das Ende vom Lied war, dass sie ihm *sagte,* dass sie mit ihm schlafen wollte. Und das war's auch schon mit Nino und Pia. Darunter stand noch, dass man nie mit einem Jungen schlafen sollte, weil man Angst habe, ihn sonst zu verlieren, aber kein einziges Wort über das *Wie.* Ich ärgerte mich über so viel Inhaltslosigkeit.

Aber dann, die nächste Geschichte, diesmal von Alexa und Daniel, 14, fast genau mein Alter. *Wir fütterten uns gegenseitig mit Spaghetti, schmusten vor dem Fernseher auf dem Wohnzimmerteppich und gingen gemeinsam in die Badewanne. Nachdem wir uns prustend nass gespritzt hatten* – das war wohl wieder so was wie mit den Affen im Zoo blödeln, na gut, wenn's denn dazugehörte –, *trockneten wir uns gegenseitig ab. Und als ich Daniels Hände auf meinem Körper fühlte, bekam ich plötzlich trotz der Wärme eine Gänsehaut.*

Ich bekam auch eine. Die Fünftklässler, die neben meinem Sitz herumkrakeelt hatten, waren plötzlich auf die Idee gekommen, sich gegenseitig zu schubsen. Dabei war dem einen Zwerg die Tuffi-Schokoladenmilch aus der Hand gefallen und genau auf mich draufgeschwappt. Nicht nur meine Jeans, sondern auch Alexa und Daniel, 14, waren völlig eingesaut.

»Geht's noch?«, schnauzte ich. Die Fünftklässler kicherten respektlos. Ich nahm nur deshalb davon Abstand, sie zu verhauen, weil es gerade so spannend war, denn Alexa und Daniel, so konnte ich durch die Tuffimilch erkennen, sahen sich an und wussten, dass »es« heute passieren würde. Gedankenübertragung – Wahnsinn. *Ich schmiegte mich eng an ihn, suchte seinen Mund und spürte seine Erregung.* Suchte seinen Mund? Na, das dürfte doch wohl nicht so schwer gewesen sein! Wie doof war diese Alexa denn? Aber wie und wo spürte sie seine Erregung? Leider verlor sie darüber kein weiteres Wort mehr. *Plötzlich war ich ganz schüchtern und erschreckt. Aber Daniel streichelte mich zärtlich, sodass ich ihm schließlich in sein Zimmer folgte und mich von ihm aufs Bett ziehen ließ. Pünktchen, Pünktchen, Pünktchen.*
Ja, was denn! Wenn's interessant wurde, nur noch Pünktchen? Das war ja wohl das Hinterletzte. Ich war kurz davor, die Zeitschrift wütend zusammenzuknüllen. Dieser Mist über Spaghettifüttern und Affen im Zoo interessierte doch keine Sau.
Die Fünftklässler neben mir kicherten immer noch. Der mit der Tuffimilch löffelte jetzt einen Joghurt. Im Stehen, im Schulbus, eingekeilt zwischen seinen Kumpels – den unberechenbaren Wilden. Ja, geht's noch? Ich sah mich schon in der nächsten Kurve unter Pfirsich-Aprikose begraben. Als wenn die *Bravo*-Verarsche nicht schon gereicht hätte.

»Hör mal, du hässlicher Fruchtzwerg«, sagte ich. »Du packst jetzt auf der Stelle Löffel und Joghurt in deinen Schulranzen oder du beziehst Prügel.«
»Haha, von wem denn?«, fragte der Fruchtzwerg frech. In diesem Augenblick legte der Bus sich in die Kurve, Fruchtzwerg fiel nach vorn und der Löffel hinterließ eine schmierige Joghurtspur an meiner Jacke, genau, wie ich es vorausgesehen hatte. Dieser Junge war offenbar einer von denen, die nicht hören wollen, sondern fühlen. Bitte sehr, das konnte er haben. Ich war genau in der richtigen Stimmung. Ich nahm ihm den Löffel aus der Hand, brach ihn in der Mitte durch – Stiftung Warentest *sehr schlecht* – und warf beide Teile in den halb vollen Joghurtbecher.
»Und jetzt ab in den Schulranzen damit.«
Der Fruchtzwerg war schwer beeindruckt. Er vergaß völlig zu kichern. »Aber dann schmieren doch meine ganzen Hefte voll«, jammerte er.
»Weg damit«, sagte ich nur. Allerdings in meinem Spezial-Sissi-Tonfall, vor dem sogar Anna Respekt hat. Da warf der Fruchtzwerg den Joghurtbecher tatsächlich in seinen Scout und fing an zu heulen.
»Du bist ja vielleicht dämlich«, sagte ich. »Dein Schulranzen hat jede Menge Seitenfächer. Warum musst du den Joghurt denn ausgerechnet zu deinen Heften werfen?«
»Warum hast du das denn nicht gleich gesagt?«, heulte der Fruchtzwerg.

»Weil ich nicht dachte, dass du so dummbatzig bist«, sagte ich.

»Das sag ich meiner Mama«, sagte der Dummbatz.

Weil Anna ihre Klausur schrieb und Mama arbeiten war, konnte ich während des Essens weiter in der *Bravo* blättern. Murks, unser Kater, sprang auf den Tisch und versuchte, die Tuffimilch von den Seiten zu lecken. Bis auf einen Leserbrief von Nadine, 15, die fragte: »Ist Oralsex pervers?«, gab die Zeitschrift aber nichts mehr her. Oralsex? Was zur Hölle war denn das? In der *Bravo* stand nichts davon, nur, dass Oralsex nicht pervers wäre, wenn beide es wollten. Na toll. Ansonsten stand in der *Bravo* nur sehr viel über Verhütung. Das ganze Zeug dazwischen übersprangen sie einfach.

Ich tigerte mit Murks im Arm durch die Wohnung und suchte im Bücherregal nach anderen Aufklärungsquellen. Nach Büchern, deren Titel so klangen, als käme Sex drin vor. Ich fand immerhin »Schuld und Sühne«, »Sinn und Sinnlichkeit« und »Nacht über Schloss Gilmore«. Letzteres war ein buntes Taschenbuch und klang nicht unbedingt nach Sex, aber auf dem Cover war eine Frau gemalt mit fast nichts an. Ein Mann mit Maske hielt sie um die Taille fest, und sie bog ihren Rücken so weit nach hinten, dass ihr Busen fast das durchsichtige Nachthemdchen sprengte.

Die Türme im Hintergrund mussten zu Schloss Gilmore gehören. Die Heldin des Romans – Rosanna – war Jungfrau wie ich, und sie heiratete einen ziemlich undurchsichtigen Fiesling, der Rosanna nicht anrührte, nicht mal in der Hochzeitsnacht. Aber im Klappentext stand »ein prickelndes Lesevergnügen«, also musste es früher oder später zur Sache gehen. Ich suchte nach einer brisanten Stelle, konnte aber auf die Schnelle keine finden.
Dafür fand ich mein altes Aufklärungsbuch wieder: »Wo kemma eigentlich de kloana Schrazerl her«. Ich zog es aus dem Regal. Schaden konnte es ja nicht, wenn ich es mir noch einmal anschaute. »*Und auf amoi wer die Penis so glatt und hart ois wia da Griff von an Tennisschläger.*« Na bitte, dieses Buch – obwohl für fünfjährige Bayernkinder geschrieben – war weit aufschlussreicher als die *Bravo*. Aber immer noch nicht aufschlussreich genug. Und am Donnerstag war schon meine nächste Nachhilfestunde, und ich wusste immer noch nicht, wie ich Konstantin für mich begeistern sollte.

DREI

Unsere Bandprobe am Nachmittag verbesserte meine Laune auch nicht gerade. Alyssa Kirschbaum kam nämlich tatsächlich und spielte sich ziemlich auf. Zuerst meckerte sie am alten Kunstkeller herum – »nicht gerade die coolste Location, bei all dem Gerümpel hier« – und dann auch noch an unserem aktuellen Song. Er hieß »Boys are like Chewing Gum«, und wir hatten ihn selbst geschrieben, Kati den Text und ich die Musik. Das einzig weniger Gute an dem Lied war das Blockflöten-Solo, auf dem Kati bestanden hatte. Während wir spielten, kamen Meinrad Sost und der beschränkte Robert Lakowski in den Keller und hörten zu. Na ja, oder was Meinrad so zuhören nennt. Er stöberte zwischen dem alten Kram herum, der hier unten abgestellt war, und fand ein kaputtes Skelett aus Kunststoff, das er »Onkel Fred« nannte und mit den Knochen klappern ließ. Valerie strahlte die ganze Zeit vor Freude und wackelte enthusiastisch zum Gitarrenspiel mit ihrem Hintern. Meinrad, Robert und Onkel Fred klatschten in die Hände, und Alyssa lachte sich fast halb tot und meinte, unser Englisch sei wirklich sehr, sehr lustig. Sie sagte, in Amerika würde niemand sagen: »You can wrap them around your finger.«

Ich sagte, glücklicherweise seien wir ja nicht in Amerika und könnten uns daher um den Finger wrappen, was immer wir wollten.

Alyssa sagte, dann sollten wir vielleicht besser deutsche Texte machen.

Blöde Ziege.

»Mach's doch besser, wenn du kannst«, sagte Kati beleidigt, und da stellte sich Alyssa ans Keyboard (an *mein* Keyboard!) und gab eine ziemliche Schnulze zum Besten, Text: »You light up my day«. Der reinste Kitsch. Meinrad und Robert kriegten sich aber gar nicht mehr ein. Sie dachten wohl alle beide, dass sie höchstpersönlich gemeint seien. Allerdings musste ich zugeben, dass Alyssa nicht mal schlecht spielte, und sie sang zwar nicht gerade wie Shakira, aber wenigstens nicht schief. Leni und Valerie waren ganz hin und weg.

»Total schöner Song«, sagte Valerie.

»Ja, echt«, sagte Leni. »So ein richtiger Ohrwurm.«

»Selbst komponiert«, sagte Alyssa. »Für meinen Boyfriend in L. A.«

»Oh, du hattest da einen Freund . . . äh, . . . ich meine einen Boyfriend?«, fragte Valerie. »War es – was Ernstes?«

»Klar«, sagte Alyssa. »Glaubt mir, ich mache keine halben Sachen.« Sie gähnte demonstrativ. »Ohne Boyfriend ist das ziemlich öde. Deshalb werde ich mir auch so schnell

wie möglich diesen supersüßen Jungen aus der Zehnten angeln.« Sie zwinkerte mir zu und schüttelte ihre Kringellocken. Meinrad und der beschränkte Lakowski seufzten.
»Warum in die Ferne schweifen, sieh, das Gute liegt so nah«, sagte Meinrad und meinte damit sich selber. Ich hätte es auch lieber gesehen, wenn Alyssa sich für Meinrad interessiert hätte anstatt für Konstantin. Sie machte keine halben Sachen, und singen und Keyboard spielen konnte sie auch noch. Harte Konkurrenz fand ich und war drauf und dran, mir einen Minderwertigkeitskomplex zuzulegen.

Das mit dem selbst komponierten Song war allerdings schamlos gelogen. Noch am selben Abend hörte ich das Lied nämlich zufällig auf dem Hausfrauen-Schmusesender, den Mama beim Bügeln bevorzugte. Ich war sicher, dass es dasselbe war, nur viel besser gesungen. Aber da war es schon zu spät.

»Also, wir wären total froh, wenn du bei uns mitmachen würdest«, sagte Valerie nämlich zu Alyssa.

»Und wir erst«, sagte Meinrad.

»Ich überleg's mir«, sagte Alyssa. »Ich meine, Unterstützung könntet ihr wirklich gebrauchen bei eurer ... äh ... *Blockflötencombo*. Außerdem habe ich gute Kontakte, vielleicht könnten die euch nützen.«

»Ich kann Alyssa nicht ausstehen«, sagte Kati, als wir draußen auf ihre Mama warteten, die uns abholen sollte. Ich hatte mein Keyboard unter dem Arm, Kati trug das

Gestell und ihr Blockflötenfutteral. »Sie ist eine eingebildete Ziege.«

»So eine richtige Impfomanin«, stimmte ich zu. »Was meinte sie denn mit: *Ich mache keine halben Sachen?* Meinst du, sie hatte mit ihrem Freund in Amerika schon richtigen Sex?«

»Jedenfalls will Impfi, dass wir das glauben«, sagte Kati. »Aber ihre Haare sind wirklich toll. Zu doof, dass Locken bei meinen Haaren nie länger halten als fünf Minuten.«

»Ich finde glatte Haare genauso schön«, log ich. »Und blonde sowieso.«

Aber Kati schien mir nicht zu glauben. Denn am Abend, als ich gerade in »Nacht über Schloss Gilmore« schmökerte, rief sie an und schniefte fürchterlich ins Telefon.

»Ich habe es getan«, schluchzte sie.

»Du hast *es* getan?«, fragte ich. Ich war so sehr mit meinen Problemen beschäftigt, dass ich sofort an Sex dachte. Aber Kati hatte etwas völlig anderes getan. Sie hatte nämlich endlich die Haartönung ausprobiert, die sie im letzten Jahr auf der Schultombola gewonnen hatte.

»Etwa diese *schwarze Johannisbeere*? Bist du irre?«, rief ich.

»*Wildpflaume*«, verbesserte Kati schluchzend. »Ich dachte, ich muss mal was verändern. Weil alle Impfi so hübsch finden und Blondinen langweilig sind.«

»So ein Quatsch«, sagte ich, nicht nur, weil ich selber eine Blondine bin. Ich meine, blauschwarze Haare mit einem Stich ins Dunkellila stehen wirklich nur den wenigsten Menschen. Ich hätte das Zeug eher getrunken, als es mir in die Haare zu schmieren. Kati hätte eigentlich gar nichts mehr sagen müssen, ich hatte auch so genug Fantasie, um mir ihre babyweichen, feinen, hellblonden Haare nach dem Kontakt mit der Tönung vorzustellen.

»Jetzt habe ich sie schon elf Mal gewaschen, und sie sind immer noch ganz lila«, klagte sie. »Dabei steht auf der Packung, dass die Farbe nach fünf Haarwäschen wieder raus ist. Als mein Vater vorhin nach Hause gekommen ist, hat er mich nicht erkannt. Er hat *verlass mein Haus, du Alien* zu mir gesagt. Zu seiner eigenen Tochter.«

»So schlimm wird es schon nicht sein«, sagte ich. »Übrigens, Alyssa hat den Song gar nicht selber komponiert. Ich habe ihn vorhin im Radio gehört, und meine Mutter hat laut mitgesungen!«

»Oh! Diese Impfi!«, sagte Kati. »Das ist nur ihre Schuld, dass ich jetzt lila bin. Die mit ihren blöden Angeber-Locken. Und du weißt noch nicht das Allerschlimmste: Meine halbe Stirn ist lila! Ich sehe aus wie ein Außerirdischer. Meine Mutter hat eine Stunde lang mit allem an mir herumgeschrubbt, was im Haus zu finden war, am Schluss sogar mit einer ihrer teuren Peeling-Masken aus echtem Meersalz. Davon ist dann die Haut unter dem lila Streifen feuerrot geworden.«

»Arme Kati«, sagte ich.

»Ja, ich kann nie wieder in die Schule kommen«, heulte Kati. »Aber meine Mutter zwingt mich.«

»Das würde meine Mutter auch tun. Du hast Glück, dass Winter ist. Du musst einfach eine Mütze anziehen.«

»Ja«, schluchzte Kati. »Ich sehe aber fürchterlich damit aus.«

»Weißt du was? Ich leihe dir meine blaue Federkappe für ein paar Tage«, sagte ich. »Dann sieht niemand, dass du gemeine Zwetschge auf dem Kopf hast.«

»Wildpflaume. Das würdest du wirklich tun?«

»Aber ja«, sagte ich.

»Du bist total lieb«, schniefte Kati und instruierte mich noch, an welcher verschwiegenen Ecke ich morgen auf sie warten und ihr die Kappe übergeben sollte.

Als sie aufgelegt hatte und ich mich wieder mit »Nacht über Schloss Gilmore« auf dem Bett ausgestreckt hatte und Kater Murks in der Kuhle auf meinem Rücken lag, kam meine Mutter zum Gute-Nacht-Sagen herein.

»Was liest du denn da?«, fragte sie.

»So einen Schundroman aus deinem Bücherregal«, sagte ich. »Ich bin schon auf Seite fünfzig, aber Rosanna ist immer noch Jungfrau. Dabei ist sie bereits seit Seite dreißig verheiratet.«

»Anna hat schon angedeutet, dass du seit Neuestem an ... äh ... der Liebe interessiert bist«, sagte Mama. »Ich werde morgen mal in der Buchhandlung nach einem Aufklärungsbuch für dich suchen.«

Oh nein! Nicht das schon wieder!

»Ja, vielleicht findest du ja eins auf Sächsisch. Oder auf Niederösterreichisch«, sagte ich sarkastisch. »Hauptsache, ich verstehe es nicht.«

Mama seufzte. »Da gibt es nicht viel zu verstehen. Erst wenn man innerlich so weit ist, erschließen sich einem die Geheimnisse der . . . äh . . . Liebe. Und du bist erst dreizehn. Schätzchen, vor einem halben Jahr hast du noch mit Barbiepuppen gespielt.«

»Blablabla«, sagte ich. Ehrlich gesagt spielte ich auch jetzt manchmal noch mit meinen Barbies. Wenn es keiner sehen konnte. Aber was hatte das bitte mit . . . äh . . . den Geheimnissen der Liebe zu tun?

Mama gab mir einen Gutenachtkuss. »Ich hab dich lieb, mein Schatz«, sagte sie. »Bitte lass dir noch ein bisschen Zeit mit dem Erwachsenwerden.«

»Ich hab dich auch lieb«, sagte ich. »Aber ein Mädchen muss tun, was ein Mädchen tun muss.«

Da seufzte Mama und fragte: »Wie heißt er denn?«

»Kon-«, sagte ich, stockte aber, weil mir einfiel, dass Mama es bestimmt nicht gut finden würde, wenn ich in meinen Mathe-Nachhilfelehrer verknallt war. Sie würde sofort beim Gürteltier anrufen und sagen: »Frau Gürteltier, wir brauchen einen neuen Nachhilfelehrer für Sissi. Wenn es geht, ein unfreundliches Mädchen mit Brille.« Also sagte ich: »Kon. . .rad« – sehr geistesgegenwärtig, oder? »Er ist in unserer Parallelklasse.«

»Ach so«, sagte Mama erleichtert. Offenbar ging sie wie Alyssa davon aus, dass die Jungs in unserem Alter die reinsten Babys waren und somit ungefährlich. »Und was ist mit Jakob?«
»Was soll denn mit dem sein?«, fragte ich.
»Na, ich dachte immer, dass er . . . dich sehr gern hat.«
»Na, das will ich doch hoffen«, knurrte ich.
Als Mama gegangen war, setzte ich mich ans Keyboard und zog die Kopfhörer auf. Mir spukte nämlich schon den ganzen Tag eine Melodie durch den Kopf, und Alyssa hatte mich auf eine Idee gebracht: Wenn sie für ihren Boyfriend in L. A. einen Song komponieren konnte, dann konnte ich das für Konstantin auch tun. Für den Refrain brauchte ich ein bisschen, aber dann war ich zufrieden.

Aller Anfang ist ganz leicht.
Der eine Blick hat schon gereicht,
doch alles Weit're ist echt schwer,
dabei lieb ich dich so sehr.

Statt »der eine Blick« hätte ich lieber »die eine Geometrieaufgabe« geschrieben, aber das hatte ein paar Silben zu viel. Die erste Strophe hatte ich schon, sie war mir bei Katis Mutter im Auto eingefallen. Katis Mutter beherrschte das Autofahren nicht sonderlich gut, sie trat aufs Gas und dann gleich wieder auf die Bremse, weil sie Angst hatte, zu schnell zu werden. Vor einem Jahr hab ich mal einen halben Erbseneintopf auf die Rücksitze erbrochen, den man heute noch riechen konnte. Seit dieser Zeit achte ich darauf, nur mit leerem Magen bei Katis Mutter einzusteigen. Aber an diesem Nachmittag war ihre Fahrweise echt mal von Nutzen gewesen: Während der Wagen so vorwärtsruckelte und -rumpelte, kam ich nämlich auf die Idee mit dem Rap, im Schluckaufrhythmus des Autos.

> *Ich will dich ganz entdecken,*
> *will mich in dir verstecken.*
> *Ich werd dich voll umgarnen,*
> *dich Stück für Stück enttarnen.*
> *Ich will mit dir allein sein,*
> *mit Haut und Haaren eins sein.*
> *Ich will, dass wir uns küssen,*
> *und nie mehr etwas müssen.*

Und dann, sozusagen als »Rapfrain«, diese schöne Melodie, von wegen, aller Anfang ist ganz leicht. Cool, oder? Jetzt brauchte ich nur noch einen passenden Anlass, um Konstantin den Song vorzusingen. Vielleicht sollte ich am Donnerstag in der Nachhilfestunde einfach das Keyboard zücken und loslegen. Aber das würde Konstantin vielleicht verschrecken.
Ich warf mich wieder aufs Bett zu »Nacht über Schloss Gilmore«. Endlich, auf Seite 78, wurde es spannend. Ich sagte ja bereits, dass der fiese Graf, mit dem die arme Rosanna

verheiratet worden war, sie tagsüber völlig links liegen ließ und auch niemals nachts durch die Tapetentür trat, die sein Gemach von Rosannas Gemach trennte. Und Rosanna wagte es nicht, den fiesen Grafen darauf anzusprechen, zumal sie mehr und mehr Gefallen an seinem Bruder fand. Aber eines Nachts, als der Graf angeblich auf Reisen war, öffnete sich die Tapetentür. Es war leider stockdunkel, aber für Rosanna war klar, dass es nur ihr Grafen-Gemahl sein konnte, der dort angetapst kam, und nicht etwa ein Axtmörder, wie ich angesichts der Faktenlage sofort vermutet hätte. Aber sie freute sich ungefähr so sehr über den Besuch des Grafen wie ich über den eines Axtmörders. Doch gleich nachdem der Mann sich zu der zitternden Rosanna gelegt hatte, bedeckte er sie wortlos mit leidenschaftlichen Küssen. Ich als clevere Leserin wusste natürlich sofort, dass es sich hier nicht um den Grafen handelte, sondern um den netten Bruder, aber Rosanna wunderte sich, wie toll der fiese Graf küssen konnte und wie leidenschaftlich ihre Gefühle plötzlich für ihn waren. Jetzt aber – ich fing schon vor Spannung an, an den Nägeln zu kauen – wurde es leider mehr rätselhaft als aufschlussreich: Rosanna wurde nämlich *hineingerissen in den Strudel des Eros*, und die Küsse des vermeintlichen Ehemannes wurden immer leidenschaftlicher. Auch seine Hand *versetzte ihren Körper in fiebrige Erregung*. Plötzlich aber, gerade als er *ihr bebendes Geheimnis zwischen den seidenweichen Schenkeln erforscht*, hält er irritiert inne, und jetzt kommt das Allerallerrätselhafteste: Rosanna flüstert verschämt: »Das Gänsefett, es steht auf dem Nachttisch. Man sagt, es gehe damit leichter.«

Tja. Gänsefett. Davon hatte in der *Bravo* nichts gestanden. Und auch »Schloss Gilmore« ließ diese Frage offen. Denn jetzt wurde es erst richtig mysteriös. Der falsche Ehemann bedeckte Rosannas *süße Unschuld* (???) mit seinen *heißen Küssen,* und *ein Lustschauder nach dem anderen* (???) überlief sie *in atemloser Folge,* sie krallte ihre Fingernägel in den Rücken des Mannes, bis sie sich *in ohnmächtiger Ekstase* (??????) *an den ewigen Gestaden der Liebenden wiederfand, dem Manne für immer verfallen* (???????????). Nun, das war eine Passage, die sich wohl ausschließlich an Eingeweihte richtete. Immerhin, die Sache mit dem Gänsefett konnte man sich ja mal merken.

Ich klappte das Buch zu. All meine Versuche, die Mysterien der körperlichen Liebe auf theoretischem Weg zu erforschen, waren gescheitert. Es war genau, wie Jakob gesagt hatte: »Das kann man nicht beschreiben, das muss man ausprobieren.« Oder um mit Oma Herta zu sprechen: »Es gibt nichts Gutes, außer man tut es.«

Ich brauchte also dringend jemanden, der mir Zungenküsse beibrachte. Und das mit den Signalen, die ich Konstantin senden musste, damit er merkte, dass ich eigentlich eine erfahrene Frau war. Hm. Das war nun wirklich nicht so einfach. Wo sollte ich so einen Versuchskandidaten denn auf die Schnelle auftreiben? Es war recht unwahrscheinlich, dass mir Anna Jörg-Thomas ausleihen würde. Andererseits: Fragen konnte nicht schaden.

Die Lektüre über das Gänsefett hatte mich zu einer zweiten Strophe für meinen Song inspiriert, zu einer besonders guten:

> Ich werd mich in dich krallen
> und dir komplett verfallen.
> Ich werd mein Herz verlieren
> samt Leber, Lunge, Nieren!

Und dann wieder der Refrain:

> Aller Anfang ist ganz leicht.
> Der eine Blick hat schon gereicht,
> doch alles Weit're ist echt schwer
> dabei lieb ich dich so sehr.

Ich kuschelte mich zufrieden unter meine Decke. Vielleicht hatte ich ja keine Ahnung von Zungenküssen, Gänsefett und all dem anderen Kram, aber ich hatte echtes musikalisches Talent. *Ich* hatte es nicht nötig, anderen Leuten den Song zu klauen und ihn dann als meinen auszugeben.

❤ ❤ ❤

Bei dem ganzen Stress hatte ich völlig vergessen, Hausaufgaben zu machen, aber glücklicherweise hielt mir Jakob am Morgen einen Platz im Bus frei, wo ich in aller Ruhe von ihm abschreiben konnte.

»Wo warst du denn gestern?«, fragte Jakob.

»Ach, da haben mich ein paar Fünftklässler geärgert«, sagte ich. »Und ich musste was nachlesen.«

»In der *Bravo*?«

Oh Mist, Jakob hatte wirklich scharfe Augen. »Ja«, sagte ich und wurde leider rot.

»Und wo ist deine blaue Federkappe?«, fragte Jakob.

Themenwechsel leicht gemacht, Gott sei Dank. Ich zeigte auf meinen Rucksack. »Da drin. Die kriegt Kati heute, weil sie lila Haare hat. Aber das darfst du keinem Menschen verraten.«

»Ehrensache«, sagte Jakob.

»Ihre Stirn ist auch lila«, sagte ich. »Obwohl ihre Mutter sie mit Meersalz abgeschrubbt hat.« Ich klappte das Heft zu. Mathe war erledigt, jedenfalls hatte ich die Ergebnisse alle abgeschrieben, für die Zeichnungen war die Busfahrt zu rumpelig. Aber wenn ich Glück hatte, würde das nicht weiter auffallen, es sei denn, Gürteltier ging in der Klasse herum. Blieben noch Erdkunde und Französisch. Der Bus hielt bereits an der drittletzten Ampel vor der Schule, es war nicht mehr viel Zeit. Daher entschied ich mich für Erdkunde. In Französisch würde ich Alke – ja, der Mundgeruch quälte uns gleich in zwei Fächern –

sagen, ich hätte das Heft auf dem Klavier liegen gelassen, bedauerlicherweise.

»Eine dümmere Ausrede ist Ihnen wohl nicht eingefallen«, würde der Alke sagen, das sagte er nämlich immer. Er siezte uns schon seit dem fünften Schuljahr, das war auch so eine seiner seltsamen Eigenheiten. Aber dafür ging er sparsam mit Einträgen im Klassenbuch um. Und er petzte nur höchst selten beim Gürteltier.

Ich schmierte ein paar Sätze über den Assuan-Staudamm hin. Eine Schande, was die damit angerichtet hatten und so was.

»Die Menschen sind ja so schlecht«, sagte ich. »Alles, was gut ist und funktioniert, müssen sie zerstören.«

Jakob nickte zustimmend. »Ja, aber in einem Jahr wird wahrscheinlich dieser Meteorit die Erde treffen, von dem ich dir erzählt habe, und bis dahin haben sie es nicht geschafft, die Regenwälder alle abzuholzen, die Wale zu töten und die Polkappen abzuschmelzen. Die Erde wird also ganz ohne das Zutun der Menschen explodieren.«

»In einem Jahr schon?« Ein Jahr war ganz schön wenig für das, was ich mir für dieses Leben noch vorgenommen hatte. Dass alles vorbei sein würde, bevor es überhaupt begonnen hatte, war eine komische Vorstellung.

Der Bus legte sich mit Schwung in die letzte Kurve, und Jakob berührte meinen Arm. »Nun mach dir mal keine

Sorgen«, sagte er. »Vielleicht fliegt der Meteorit ja auch vorbei.«

»Vielleicht aber auch nicht. Jakob, wir können doch unmöglich einfach so weitermachen wie bisher, wenn wir in einem Jahr in die Luft fliegen. Stell dir mal vor, egal, was wir denken oder fühlen oder tun – es hat keinerlei Bedeutung mehr für die Zukunft. Weil es gar keine Zukunft mehr gibt.«

»Für Mathe musst du trotzdem büffeln«, sagte Jakob spöttisch. Der Bus hielt abrupt an und irgendwer in den vorderen Reihen kreischte, dass er kotzen müsste. Aber Jakob achtete nicht darauf. »Wenn der Meteorit vorbeifliegen sollte, hast du sonst ein Problem.«

»Ja, aber wenn nicht, habe ich meine kostbare Zeit verschwendet.« Ich warf das Erdkundeheft in den Rucksack und drängelte mich aus dem Bus. Kaum war ich draußen, holte mich das Leben wieder ein, und all meine philosophischen Überlegungen in Sachen Zukunft waren mit einem Schlag hinfällig. Direkt unter dem Haltestellenschild stand nämlich der Fruchtzwerg von gestern, neben ihm sein kichernder Freund und eine finster dreinschauende, dicke blonde Frau, vermutlich die Mutter.

Kaum war ich aus dem Bus gestiegen, zeigten die beiden Zwerge auf mich und brüllten: »Das ist sie! Das ist sie!«

Ich war viel zu überrascht, um an Flucht zu denken. Die

dicke Mutter packte mich dann auch sofort am Anorak.
»Du hast also Fabio den Joghurt in den Schulranzen geschmiert, weil er seinen Platz nicht für dich freimachen wollte! Weißt du, wie man das nennt? Das nennt man Mobbing! Das nennt man Gewalt an der Schule!« Sie keuchte. »Das nennt man kriminell.«
Vor meinem geistigen Auge erschienen lauter Fragezeichen. Mobbing? Gewalt an der Schule? Kriminell? Hatte die noch alle? Ich versuchte mich zu befreien, aber die Zwergenmutter verfügte über Bärenkräfte. Und über ein weithin schallendes Organ. »Schön hiergeblieben! Wir gehen jetzt erst mal zum Direktor, wir beide. Und ihr seid die Zeugen, Fabio und Vincent.«
»Ich habe Ihrem Zwerg keinen Joghurt in den Ranzen getan, das war er selber«, protestierte ich, aber die Rächerin aller Fünftklässler riss mich nur noch heftiger am Arm.
»Aua!«
»Kleine Kinder quälen und dann auch noch lügen«, rief die Zwergenmutter und zerrte mich quer über den Busbahnhof direkt auf den Schulhof. An der verabredeten Stelle unter der Treppe sah ich zwei verzweifelte Augen unter einer roten Pudelmütze blinken: Kati, die Wildpflaume. Aber sie konnte mir nicht zu Hilfe kommen, wegen des Dings auf ihrem Kopf, das aussah wie ein Eierwärmer. Ich meinerseits konnte auch nichts für sie tun, nicht mal den Rucksack mit der Federkappe konnte

ich ihr zuwerfen, denn Zwergenmutti hielt meinen Arm fest im Schraubstock.

Aber noch war ich nicht verloren. Jakob war uns durch das Gewimmel gefolgt und stellte sich uns in den Weg, wie ein Ritter, der zur Rettung einer Jungfrau herbeieilt.

»Lassen Sie sofort das Mädchen los!«, rief er, aber die Frau tat natürlich nichts dergleichen. Im Gegenteil, sie machte Anstalten, Jakob einfach umzupflügen.

»Aus dem Weg«, rief sie. »Die Schweinerei im Schulranzen muss ich mir nicht gefallen lassen! Damit fängt es an, und in einem Jahr macht ihr dann weiter mit Schutzgelderpressung auf dem Schulhof.« Angesichts solch blühender Fantasie blieb mir der Mund offen stehen und ich ließ mich willenlos ein paar Meter mitschleifen. Doch wieder kam mir Jakob zu Hilfe und versuchte, mit heftigem Rucken meinen Arm aus dem Schraubstock zu befreien.

Die Zwergenmutter war außer sich. »Du gehörst also auch dazu!« Sie machte Anstalten, Jakob ebenfalls zu packen. Der entwischte gerade noch, aber ich hatte keine Chance. Mittlerweile schien es mir, als wäre sie unbesiegbar wie Godzilla.

Doch da eilte Alke herbei, der heute die Hofaufsicht vor Schulbeginn hatte. Und – man glaubt es kaum – mit ihm nahte die Rettung.

»Was ist denn hier los?«, rief er, und sein fauliger Atem ließ die Zwergenmutter sekundenlang verstummen.

Ich hingegen war durch jahrelange Gewöhnung besser abgehärtet und schleuderte blitzschnell eine Erklärung heraus. Von wegen kleine Jungs, die mich im Bus mit Tuffimilch bekleckert und mir ihre eigenen Joghurtschweinereien in die Schuhe schieben wollten. Und Jakob setzte hinzu, dass Godzilla mich gequält und meiner Freiheit beraubt habe, er sei Zeuge.

Der Alke warf einen Blick auf meinen Arm, der immer noch im Zwergenmutterschraubstock steckte, und war geneigt, uns zu glauben. Auch die aufgeregtesten Anschuldigungen von Zwergenmutti konnten ihn nicht mehr vom Gegenteil überzeugen.

»Der Verzehr von Lebensmitteln im Schulbus ist den Kindern strengstens untersagt«, erklärte er ernsthaft. »Und jetzt lassen Sie bitte auf der Stelle meine Schülerin los.«

Ob er denn noch nie etwas von Mobbing in der Schule gehört habe, wollte die Zwergenmutter wissen. Davon, dass jüngere Schüler unterdrückt würden?

Mittlerweile hatte sich ein gewaltiger Pulk sensationsgeiler Schüler um uns herum versammelt. Ich wagte nicht hinzuschauen, ob vielleicht Konstantin auch darunter war. Das wäre mein Tod gewesen. Tod durch Peinlichkeit.

Um der Sache ein Ende zu bereiten, ließ ich den Kopf erschöpft nach vorne baumeln und stieß einen Wehlaut aus. Das und der empörte Aufschrei der Menge ringsherum brachten Ritter Alke endgültig gegen die Zwergenmutter auf. Beherzt trat er näher.

»Sofort loslassen«, rief er, und die Zwergenmutter, die nicht rechtzeitig Mund und Nase dicht gemacht hatte, ließ für eine Sekunde locker. Pfeilschnell witterte ich meinen Vorteil, riss mich los und beobachtete aus sicherer Entfernung, wie Alke ihr den Rest gab.

Er trat noch einen Schritt näher an meine Feindin heran und sprach ein paar böse, zusammenhängende Sätze, von wegen offensichtlicher Überforderung bei der Erziehung des eigenen Sohnes und schlechtem Beispiel in Sachen Konfliktbewältigung. Und überhaupt solle sie froh sein, wenn der Direktor von einer Anzeige wegen Gewaltanwendung gegenüber einem kleinen Mädchen absähe. Mit jedem Wort wurde die Zwergenmutter ein paar Zentimeter kleiner und etliche Nuancen grüner im Gesicht. Schließlich ließ sie sich fast willenlos von Alke abführen.

Im Vorbeigehen strich mir der über den Scheitel und fragte, ob ich in Ordnung wäre.

»Ja, danke«, näselte ich tapfer. Wenn hier einer in Ordnung war, dann eigentlich Alke. Es tat mir leid, dass ich ihn nachher anlügen musste wegen des Französischheftes, das angeblich auf dem Klavier lag. Vielleicht würde ich es zur Abwechslung mal mit der Wahrheit versuchen. Im Grunde hatte ich ja nichts zu verlieren. In einem Jahr ging doch sowieso die Welt unter.

»Puh, das war ja was«, sagte Jakob. »Die hätte dich glatt plattgemacht.«

»Ja.« Voller Dank sah ich zu ihm hoch. Ich musste ziemlich hoch schauen. In den letzten Wochen hatte er offenbar noch ein paar Zentimeter zugelegt. »Danke, dass du mir geholfen hast, Jakob.«

»War doch klar«, sagte Jakob. »Du würdest dasselbe für mich tun. Und du weißt doch, ich bin immer für dich da, wenn du Hilfe brauchst.«

»Ja, das stimmt«, sagte ich und lächelte ihn an. Schon in der Grundschule hatte Jakob sich beschützend zwischen mich und die »Brennnessel-Gang« geworfen, so nannten wir die Jungs, die Kindern auf dem Schulweg auflauerten, um sie in die Brennnesseln zu werfen. Und als Lia Panke mich wegen meiner Windpocken im vierten Schuljahr »hässliches Warzenschwein« genannt hat, hatte Jakob gesagt: »Arme Lia, Sissis Windpocken gehen wieder weg, aber deine Nase wird wohl für immer in deinem Gesicht bleiben müssen.«

Auf Jakob war wirklich Verlass, und das brachte mich auf einen ganz neuen Gedanken. Warum sollte ich mit Jörg-Thomas üben, wenn ich es genauso gut mit Jakob tun konnte? Gut, Jakob war vielleicht nicht das erfahrenste Testobjekt, aber er wusste wenigstens schon mal, was man mit den Zungen bei einem Zungenkuss machte. Kati hatte nämlich gesagt, Jakob hätte am besten von allen geküsst, und das stimmte auch: Er war der einzige

Junge gewesen, der keine Probleme damit hatte, seine Nase rechtzeitig aus dem Weg zu drehen. Alle anderen waren mit ihren Riechorganen angestoßen. Iris Winkler war seit diesem blöden Spiel in Meinrads Garage übrigens total in Jakob verknallt. Sie schrieb ihm jede Woche einen Liebesbrief, unterschrieben mit »eine heimliche Verehrerin« – aber jeder wusste, dass es Iris war. Ununterbrochen warf sie Jakob schmachtende Blicke zu, aber sobald er in ihre Richtung schaute, wurde sie knallrot und guckte weg. Arme Iris. Sie hatte das mit den »Signalen« wohl auch noch nicht raus.

»Jakob?«

»Hm?«

»Was du da eben gesagt hast, von wegen Hilfe. Die könnte ich tatsächlich brauchen«, begann ich gedehnt. »In einer dringenden Angelegenheit.«

»Und die wäre?«, fragte Jakob.

»Das erzähle ich dir, wenn wir mal irgendwo ungestört sind«, sagte ich.

»Okay«, sagte Jakob. »Oh, guck mal, da vorne kommt ein heulender Eierwärmer.«

»Oh nein! Kati! Die hatte ich ja total vergessen«, sagte ich und beeilte mich, meine blaue Federkappe aus dem Rucksack zu ziehen.

VIER

Allmählich ging es mir wirklich auf den Wecker, neben Simon zu sitzen. Er war total verstockt und verriet mir nicht die klitzekleinste Silbe über Konstantin, egal, wie geschickt ich auch fragte. Dafür stank er vor sich hin und quetschte seine Pickel aus. Das waren eigentlich keine Pickel mehr, sondern Eitervulkane, und einer davon spuckte Lava bis auf mein Mathebuch.
»Simon! Das ist supereklig«, schimpfte ich. »Da sitze ich wirklich lieber wieder neben Valerie, die ist wenigstens nett zu ihren Pickeln. Und wo ist eigentlich dein blauer Pullover? Du hast seit Wochen nur diesen roten an, und ich wette, den musst du abends anbinden, weil er sonst von allein zur Waschmaschine rennen würde.«
»Haha«, sagte Simon.
»Simon, das war kein Witz«, sagte ich, und da machte Simon ein beleidigtes Gesicht.
Meine Laune wurde noch schlechter, als das Gürteltier sich anschickte von Tisch zu Tisch zu gehen, um sich die Hausaufgaben anzuschauen. So ein Mist!
»Sissi – wo sind deine Zeichnungen?«

»Die habe ich auf ein Extrablatt gemacht, und das habe ich zu Hause auf dem Klavier liegen gelassen«, sagte ich.

Das Gürteltier glaubte mir kein Wort. »Sissi, mit den Nachhilfestunden hast du eine Chance, die du nutzen solltest. Du musst dich wirklich am Riemen reißen, sonst sehe ich schwarz für dich.« Außerdem machte sie eine Notiz ins Heft, die meine Mutter unterschreiben sollte.

Ich überlegte, ob ich die Sissi-Raabe-Magenverstimmungs-Show abziehen sollte, denn schlecht war mir von Simons Pickeldrückaktion wirklich. Aber dann gab ich den Gedanken auf: Das Gürteltier hätte sowieso nicht mitgespielt.

»Frau Gürteler, wir haben dieses Halbjahr noch gar keinen Klassensprecher gewählt«, sagte Meinrad.

Das Gürteltier zog erstaunt die Augenbrauen hoch und erinnerte Meinrad daran, dass sich bei der letzten Wahl kein einziger Kandidat für dieses Amt gefunden hätte und er selber, Meinrad, laut »Anarchie, Anarchie!« gebrüllt habe. Daran konnte sich Meinrad nicht erinnern.

»Wir sollten aber einen Klassensprecher haben«, mischte sich Alyssa ein. »Einen, der unsere Interessen in der Schülervertretung wahrnimmt.«

Schülervertretung! Das war doch nur ein Verein von Strebern und Lehrerlieblingen. Die organisieren höchstens mal einen Schulgottesdienst in der Aula, wo alle ihre Blockflöten mitbringen dürfen.

»Also, ich weiß nicht«, sagte das Gürteltier unschlüssig.

Aber so eine Klassensprecherwahl war immer noch besser als Matheunterricht, deshalb klopften wir alle mit unseren Fäusten auf den Tisch und schrien nach geheimen Wahlen. Dem Gürteltier blieb nichts anderes übrig, als nachzugeben.

»Gut, und wer stellt sich als Kandidat zur Verfügung?«, fragte es. »Hat jemand einen Vorschlag?«

»Alyssa«, brüllte Meinrad, und die Klasse stimmte einen rhythmischen Singsang an: »Alyssa for President!«

»Von mir aus gerne!«, sagte Alyssa und strich sich eine Kringelhaarsträhne aus der Stirn.

Das Gürteltier schrieb ihren Namen an die Tafel. »Und wer sonst noch?«

»Sissi«, sagte Jakob.

»Sissi for President!«, brüllte die Klasse.

»Nein danke«, sagte ich. Das fehlte gerade noch. Da müsste ich dann zukünftig mit den Strebern irgendwelche Versammlungen abhalten und die Klassenkasse verwalten und so einen Scheiß. »So ein Amt ist zu viel ... äh ... Verantwortung für mich.«

»Na gut, dann Alyssa for President«, schrie Meinrad wieder.

»Sonst noch ein Vorschlag?«, fragte das Gürteltier.

»Jakob«, sagte Iris Winkler, die heimliche Verehrerin, schüchtern.

»Jakob for President!«, brüllte die Klasse. Aber Jakob wollte auch nicht Klassensprecher werden.

»Okay, wer will denn überhaupt sonst noch?«, fragte das Gürteltier genervt.

Niemand rührte sich. Das durfte doch wohl nicht wahr sein! Unmöglich konnte ich zulassen, dass Alyssa einstimmig gewählt wurde. Sie würde sonst an Größenwahn zugrunde gehen.

Ich hob meine Hand. »Wie wäre es mit dem Ne. . . äh . . . mit Melanie?« Das Nebelding hatte nämlich ziemlich viele Fans unter den Klassenmitgliedern. Genauer gesagt, unter den männlichen Klassenmitgliedern.

»Willst du, Melanie?«, fragte das Gürteltier.

»Melanie! Melanie!«, rief ich und trommelte mit den Fäusten auf den Tisch.

»Melanie for President!«, riefen die anderen.

Das Nebelding war sehr geschmeichelt und nahm die Nominierung an. Damit waren sie und Alyssa die einzigen Kandidaten.

Jeder von uns sollte nun den Namen seiner Wunschkandidatin auf einen Zettel schreiben, viermal zusammenfalten und dem Gürteltier nach vorne reichen.

»Die mit den meisten Stimmen wird Klassensprecherin, die andere Vertreterin.«

»Das geht zu schnell«, zischte Meinrad und meldete sich. »Frau Gürteler. Ich bin dafür, dass jeder eine kurze Rede über sein Wahlprogramm hält, damit wir wissen, was uns erwartet.«

Damit erwischte er das Nebelding natürlich auf dem falschen Fuß.

»Also, ähm, wenn ich Klassensprecherin werde, dann ähm, also, da hab ich mir jetzt noch gar keine Gedanken gemacht«, sagte es. »Eigentlich.«

Im Gegensatz zu Alyssa. Die hatte sich Gedanken gemacht, und in mir keimte der Verdacht auf, dass sie sogar still und heimlich dafür gesorgt hatte, dass Meinrad diese Wahlen überhaupt vorschlug. Aber warum nur?

»Ich werde mich dafür einsetzen, dass ein Teil des Schulhofs für Inliner und Skateboards zugelassen wird. Die hässlichen Schultrikots im Sportunterricht sollten abgeschafft werden, und die Preise für den Vanillejoghurt am Schulkiosk erscheinen mir zu hoch«, schnurrte sie flüssig herunter. Die Klasse johlte begeistert.

Damit war die Wahl im Grunde schon entschieden, aber Meinrad schlug vor, dass man vor der eigentlichen Wahl noch diejenigen wählen sollte, die die Stimmen auszählen durften, außerdem müsse noch geheim über die richtige Faltung der Stimmzettel abgestimmt werden, aber da wurde das Gürteltier böse.

»Keine Zeit herausschinden«, sagte es. »Jeder nur eine Stimme, und zack-zack. Alles, was wir im Unterricht nicht mehr schaffen, bekommt ihr als Hausaufgaben auf.«

Ich versuchte zu retten, was zu retten war, und unauffällig zwei Zettel abzugeben, alle beide mit Melanies Namen, aber das Gürteltier bemerkte den zweiten Zettel und warf

ihn ungelesen in den Papierkorb. Es hätte ohnehin nichts geholfen: Alyssa trug einen erdrutschartigen Wahlsieg davon, dreiundzwanzig von fünfundzwanzig Stimmen. Die eine Stimme für das Nebelding war von mir, die andere vom Nebelding selber. Nicht mal die Jungs, die wussten, wie sie sich unterm T-Shirt anfühlte, hatten sie gewählt. Armes Nebelding. Undank ist der Welten Lohn, genau, wie mein Papa immer sagt.
Alyssa strahlte und warf triumphierende Blicke umher. Es war beinahe nicht auszuhalten.
Immerhin war auf diese Weise der Matheunterricht ausgefallen.
»Wieso hast du Alyssa gewählt?«, pflaumte ich Kati in der Pause an. »Du kannst sie doch überhaupt nicht ausstehen.«
»Aber ich fände das toll, wenn die Preise für Vanillejoghurt gesenkt würden«, sagte Kati und zog sich meine Federkappe tiefer ins Gesicht. »Ich meine, das Nebelding kann doch niemand ernst nehmen.«
Alyssa kam zu uns herübergeschlendert, mit Leni und Valerie im Schlepptau. »Hallo zusammen. Tolle Kappe, Kati. Steht dir super.«
»Danke«, sagte Kati.
Ich verdrehte die Augen.
»Weißt du, es ist unheimlich wichtig für unsere Band, wenn ich jetzt in der Schulpolitik mitmische«, sagte Alyssa zu mir. Ich wunderte mich, dass sie überhaupt

noch mit mir sprach, wo sie sich doch an zwei Fingern ausrechnen konnte, dass ich sie nicht gewählt hatte.

»Die Schülervertretung tagt nämlich schon morgen zum Thema Fünfzigjahrfeier, und da mache ich gleich mal Werbung für einen Auftritt der Fünf Falschen Fünfziger.« Alyssa lächelte ein bisschen hinterhältig.

»Woher weißt du denn das alles?«, fragte ich.

»Schwarzes Brett«, sagte Alyssa. »Ich informiere mich eben. Rate übrigens mal, wer auch in der Schülervertretung ist!«

»Wen interessiert das denn?«

»Kon-stan-tin Drü-cker«, skandierte Alyssa.

»Wer?«

»Konstantin Drücker ist in der Schülervertretung. Für die 10 a.«

Ich war baff. Informieren konnte Alyssa sich, das musste man ihr lassen. Sie hatte nicht nur herausgefunden, *wer* Konstantin war, sondern auch noch, *was* er war, nämlich Mitglied in der Schülervertretung.

So ein Mist, so ein verdammter.

Alyssa musterte mich lauernd.

»Wer ist Konstantin Drücker?«, fragte ich, weil mir einfiel, dass ich ja behauptet hatte, seinen Namen nicht zu kennen.

»Konstantin Drücker ist dein Nachhilfelehrer«, sagte Alyssa und lachte wieder. »Und ich werde bei jeder Sitzung des Schulkomitees neben ihm sitzen.«

Ich wurde leider ein bisschen rot. Informieren konnte sie sich wirklich, da biss die Maus keinen Faden ab. »Stand das auch am Schwarzen Brett? Dass Konstantin mein Nachhilfelehrer ist, meine ich?«

»Nö, *das* hat Simon mir erzählt«, sagte Alyssa mit einem hinterlistigen Blick. »Mit dem Bruder eines so süßen Jungen wie Konstantin muss man sich doch gut stellen, oder?«

Ich wurde noch ein bisschen röter. Diese Runde ging eindeutig an Alyssa. Aber noch war ich nicht geschlagen! Ohne zu zögern, beugte ich mich zu meinem Pult herüber, packte wortlos meinen Kram in den Rucksack und trug ihn zu Alyssas Platz, wo ich mich in aller Seelenruhe breitmachte.

»Schließlich seid du und Simon ja so gute Freunde«, sagte ich und lächelte sie freundlich an. »Da möchte ich nicht länger im Weg sein.«

❤ ❤ ❤

Dummerweise wurde nichts aus meinem Treffen mit Jakob in Sachen Zungenküsse. Er wurde nämlich krank und fehlte am nächsten Tag in der Schule. Ich rief bei ihm an, kaum dass ich zu Hause war.

»Er hat Fieber und Halsschmerzen. Verdacht auf Pfeiffersches Drüsenfieber«, sagte seine Mutter am Telefon. »Er sieht aus wie ein Hamster.«

Ich wollte ihn trotzdem besuchen, aber seine Mutter riet mir davon ab. »Pfeiffersches Drüsenfieber ist schrecklich ansteckend.«

»Aber – Jakob und ich hatten eine wichtige Verabredung«, sagte ich. Lieber mit einem Hamster das Küssen üben als überhaupt nicht.

»Die müsst ihr wohl ein Weilchen verschieben«, sagte seine Mutter.

Aber die Angelegenheit drängte! Meine zweite Nachhilfestunde nahte, und ich hatte immer noch keine Ahnung von Zungenküssen. Ganz zu schweigen von allem anderen. Aber Alyssa, die hatte Ahnung. Sie hatte mit ihrem amerikanischen Boyfriend weiß Gott was angestellt. Außerdem hatte sie tolle Kringellocken. Und sie saß neben Konstantin in der Schülervertretungsversammlung, drehte sich kokett ihr Haar um die Finger und sendete geheime Signale. Mir wurde ganz schlecht vor Eifersucht, wenn ich daran dachte.

»Du bist so still«, sagte Mama, als sie mich am Donnerstagnachmittag zur Nachhilfestunde fuhr. Es hatte geschneit, und die Straßen waren glatt, aber Mama fuhr mich trotzdem. Sie fand die Nachhilfestunden immens wichtig. Die Unterschrift unter den fehlenden Mathehausaufgaben hatte ich übrigens gefälscht. Das konnte ich mittlerweile ganz gut.

In unserem alten Ford war wieder mal die Heizung kaputt, und Mama bibberte während der ganzen Fahrt auf das Erbarmungswürdigste. Mir hingegen machte die Kälte überhaupt nichts aus, obwohl ich nur ein T-Shirt unter dem Mantel trug. Mein allerengstes bauchfreies T-Shirt, ein bisschen frisch für diese Jahreszeit, aber genau die passende Bekleidung, um Signale zu senden. Wenn ich nur wüsste, wie.

»Ich denke an meine Nachhilfestunde«, sagte ich.

»Hast du d-d-d-d-d-dich denn gut v-v-v-vorbereitet?«, bibberte Mama.

»Aber ja«, sagte ich aus vollem Herzen. Ich hatte »Nacht über Schloss Gilmore« zu Ende gelesen und noch einmal in der Bravo geblättert. Außerdem hatte ich mich mit Annas Parfüm eingenebelt. Kurzum, ich hatte also mein Möglichstes getan.

»Dann ist es ja gut«, sagte Mama. »Ich will mein Geld nämlich nicht zum Fenster herauswerfen. Sag mal, ist dir eigentlich gar nicht k-k-kalt?«

Ich schüttelte den Kopf und murmelte: »Ach nein, meine Hormone heizen mir gerade so richtig ein.«

Glücklicherweise klapperten Mamas Zähne so laut, dass sie mich nicht verstehen konnte.

Konstantin wartete schon vor dem Klassenraum. Er sah wieder mal supertoll aus.

»Hallo«, sagte ich überwältigt.

Konstantin knurrte nur etwas Unverständliches, ja, er würdigte mich nicht mal eines richtigen Blickes. Dafür fielen ihm aber fast die Augen aus dem Kopf, als ich drinnen meinen Mantel auszog.

»Bist du noch ganz dicht, Elsbeth? Es sind drei Grad unter Null!« Er tippte sich an die Stirn.

»Sissi, bitte.« Ich lächelte, weil ich genau gesehen hatte, wie er auf meinen Bauchnabel geglotzt hatte. Lässig ließ ich mich rittlings auf einem der Stühle nieder und stützte das Kinn auf die Lehne. Das sah cool aus, ich hatte es zu Hause vor dem Spiegel geübt.

Konstantin schlug mein Mathebuch auf. »Gleichschenklige Dreiecke sind eigentlich ganz einfach«, sagte er. »Nimm das Geodreieck und einen Bleistift und konstruiere ein gleichschenkliges Dreieck ABC, dessen Basis BC sieben Komma acht und dessen Höhe fünf Komma fünf Zentimeter lang ist.«

Ich lauschte verzückt dem Klang seiner Stimme. Den ganzen Tag hätte ich ihm so zuhören können.

»Halloooooo!« Konstantin sah mich durchdringend an. »Stift! Geodreieck!«

Ich beeilte mich, einen fünf Komma acht Zentimeter langen Strich in mein Heft zu malen und versuchte dabei, Signale zu senden. »*Ich kann mit Zunge küssen*«, versuchte ich ihm wortlos zu übermitteln. Aber irgendwie war das verdammt schwer. Vielleicht sollte ich es ihm einfach sagen? Ich war eine gute Lügnerin, wirklich.

»Die Höhe beträgt fünf Komma fünf Zentimeter«, sagte Konstantin.

»Meine ist länger«, sagte ich.
»Wie bitte?«, fragte Konstantin.
»Ach so, ich dachte, du redest von deiner Zunge«, sagte ich. »Jede ist ja unterschiedlich lang. Beim Zungenküssen merkt man das.« Hoffte ich jedenfalls. Konstantin starrte mich überrascht hat. »Die Höhe beträgt fünf Komma fünf Zentimeter«, wiederholte er, ein bisschen aus dem Konzept gebracht. »Du musst die Strecke BC in der Mitte teilen. Dividieren kannst du doch, oder?«
»Ja, sicher«, sagte ich und beschloss, gleich aufs Ganze zu gehen. »Als wir *das* hatten, war ich noch Jungfrau.« Jetzt konnte man Konstantins Blick eigentlich mehr ein Glotzen nennen. Sein Mund stand ein bisschen offen, und ich konnte deutlich seine ein wenig nach innen gekippten Zähne bewundern. Er war offensichtlich überrascht. Sicher hatte er nicht damit gerechnet, in mir so eine erfahrene Frau vor sich zu haben. Ha! Bluff ist alles! Schnell setzte ich noch hinzu: »Ist lange her.« Ich schnalzte verächtlich mit der Zunge. »Also, BC war sieben Komma acht Zentimeter lang? Geteilt durch zwei wären dann – äh, kann ich den Taschenrechner dazu benutzen?«
Konstantins Mund stand jetzt noch weiter offen. Ich konnte seine Plomben zählen. Es waren aber nicht viele. In diesem Augenblick sah er nicht mehr ganz so toll aus, eher ein bisschen wie vor die Wand gelaufen. Ich hoffte sehr, nicht zu dick aufgetragen zu haben. Vielleicht soll-

te ich den kryptischen Satz über das Gänsefett, den ich mir zurechtgelegt hatte, besser weglassen.

Konstantin räusperte sich. »Du wirst ja wohl sieben Komma acht durch zwei teilen können«, sagte er.

»Sieben Komma acht durch zwei ist drei Komma neun«, sagte ich, und da lächelte Konstantin. Sieh an. Dass er mit Mathe zu verführen war, darauf wäre ich nie gekommen. Ich fürchtete zwar, dass dieser Preis für mich zu hoch sein könnte, aber den Rest der Stunde konzentrierte ich mich so gut es ging auf die Aufgaben. Eigentlich ging es nicht besonders gut, andererseits machte es Konstantin selber so viel Spaß, die Aufgaben zu lösen, dass ich gar nicht viel machen musste. Es war schön, einfach neben ihm zu sitzen, seine Stimme zu hören und sein ungeduldiges Mienenspiel zu beobachten, wenn ich nicht kapierte, was eine orthogonale Gerade war.

Schließlich sah er auf die Uhr, seufzte tief und sagte: »Das war's dann für heute. Bis zum nächsten Mal machst du dieses Übungsblatt fertig, Sissi.«

Ich reichte ihm das Geld hinüber, und da seufzte er noch einmal tief. Vielleicht mochte er ja mein Parfüm. Oder vielmehr Annas Parfüm. Auf jeden Fall war diese Stunde ein großer Fortschritt gewesen: Konstantin glaubte jetzt, dass ich eins von den Mädchen war, die sich nicht mit ein bisschen Knutschen zufriedengaben, und er nannte mich auch nicht mehr Elsbeth. Ich war zufrieden mit mir und dichtete gleich noch eine weitere Strophe für meinen Song:

*Ich will es heute wissen
und mich nicht mehr verpissen.
Ich find es aber voll den Scheiß,
dass ich nicht viel mehr von dir weiß.
Mein Kopf ist voll von Watte,
da ist kein Platz für Mathe.*

Das waren echt geniale Zeilen, zumal in dem guten Rap Worte wie »Scheiße« und »verpissen« vorkommen müssen. Allerdings war ich mir nicht ganz sicher, ob man »*den Scheiß*« sagen konnte, weil eigentlich heißt es ja »*die Scheiße*« – aber vermutlich ist das wegen der Rechtschreibreform sowieso scheißegal.

♥ ♥ ♥

Das Schrecklichste an der Schule ist Chemie bei der Klempererer. Diese Frau ist die gemeinste und bösartigste Person, die jemals auf Erden gewandelt ist. Ich bin sicher, dass sie an Gemeinheit sogar Lord Voldemort übertrifft, weshalb wir sie manchmal auch »Lady Voldemort« nannten. Natürlich nur, wenn sie nicht zuhörte. Die Klemperer hätte niemals Lehrerin werden sollen. Erstens spuckt sie beim Sprechen und zweitens hasst sie Mädchen, insbesondere Blondinen und hier insbesondere Kati und mich. Kati und ich vermuten, dass der Mann von der Klemperer sie wegen einer Blondine verlassen hat oder so was. Ich hatte in einem Monat bereits zwei Eintragungen ins Klassenbuch von ihr erhalten, von wegen stören und so. Dabei hatte ich nur ganz leise meine Französischhausaufgaben von Leni abgeschrieben, weil ich mit meinem Arbeitsblatt schon fertig gewesen war, beziehungsweise das andere Mal – ebenfalls ganz leise – Schiffe versenken gespielt. Das Problem war, dass das Gürteltier angedroht hatte, die Schüler mit mehr als fünf Einträgen von der Klassenfahrt im März auszuschließen, und Lady Voldemort wusste das.

Es hatte auch keinen Sinn, mit ihr zu diskutieren. Sie war unnachgiebig wie ein tiefgefrorenes Fischstäbchen.

»Noch ein Eintrag für das chaotische Blondschöpfchen, und es gibt eine schriftliche Verwarnung nach Hause«, hatte sie das letzte Mal gesagt. Na toll, Mama würde mir bestimmt nicht glauben, dass ich nur ganz brav Schiffe versenken gespielt habe, nachdem ich das Arbeitsblatt für die sogenannte Stillarbeit schon längst fertig gemacht hatte. Mit den zwei Einträgen von der Klemperer und einem von Alke wegen dreimal »vergessene« Hausaufgaben lag ich in der Statistik Kopf an Kopf mit Meinrad Sost – dem unangefochtenen König der Klassenbucheinträge. Letztes Jahr hatte er ungelogen eine Art Kaiman in die Lehrertoilette geschmuggelt. Die Lehrerin, die den Klodeckel angehoben hatte und von dem Minikrokodil angegähnt worden war, hatte einen Nervenzusammenbruch erlitten. Aber Meinrad war absoluter Klemperer-Liebling. Sie behandelte Jungs im Allgemeinen recht nachsichtig, sie dürfen im Gegensatz zu uns Mädchen machen, was sie wollen. Die große Ausnahme war allerdings der arme Simon Drücker. Den schien Lady Voldemort fast noch weniger leiden zu können als Kati und mich, was ich auf Simons Pickel und Klemperers falsch verstandenen Sinn für Ästhetik schob. Falsch verstanden insofern, als sie zwar Simons Pickel für hässlich, ihren dunkelbraunen Glitzernagellack aber für schön hielt. Simon ließ sich nichts zuschulden kommen, weswegen die Klemperer ihn nur mit schlechten Noten und gemeinen Bemerkungen über alkoholhaltige Gesichtswässerchen strafen konnte. Und einmal verpasste sie ihm einen Klassenbucheintrag wegen »unerlaubten unhygienischen Handlungen während des Unterrichts«, weil er sich an einem Pickel gekratzt hatte. Meinrad hatte nicht mal einen Eintrag bekommen, als er einen Haufen Schneebälle mit in die Klasse brachte und sie in Robert Lakowskis Schultasche schmelzen ließ.

Chemie ist aber nicht nur wegen der Klemperer schrecklich, sondern auch, weil der sogenannte Chemiesaal in dem alten Pavillon liegt, einem dieser Schulcontainer in Leichtbauweise, die immer dann aus dem Boden gestampft werden, wenn die Schülerzahlen kurzfristig in die Höhe schnellen. Das war an unserer Schule zuletzt Ende der Siebzigerjahre des vorigen Jahrhunderts der

Fall gewesen, und der Pavillon war seit damals noch nicht renoviert worden.

Er schimmelte fröhlich vor sich hin, und es gab immer noch die komischen Heizungskästen, die entweder eiskalt blieben oder so heiß wurden, dass man sich den Hintern daran verbrannte. Jetzt, im Winter, hatten sie gerade wieder ihre kalte Phase, und man musste die Anoraks anbehalten, wenn man sich keine Erfrierungen im Unterricht zuziehen wollte.

Um unsere Blutzirkulation anzuregen, hatten wir uns angewöhnt, vor dem Unterricht das »Füßetretenspiel« zu spielen. Die Regeln hierzu sind sehr einfach: Man muss versuchen, dem Gegenüber auf die Füße zu treten, bevor er es tut. Ein lustiges und herzerwärmendes Spiel, solange man gewisse Rücksichten nimmt. Aber heute hatte ich Pech. Wie aus dem Nichts tauchte plötzlich Simon vor mir auf, täuschte links an und erwischte mit dem rechten Fuß meine linke Schnürstiefelette.

»Gewonnen!«, keuchte er und blieb etwas unsicher mit seinen geschätzten neunzig Kilo Lebendgewicht auf meiner Stiefelette stehen, wie ein verhinderter Großwildjäger, der statt eines Nashorns eine Babyschildkröte erwischt hat und nicht weiß, ob er sich darüber freuen soll.

Ich hingegen wurde vor Schmerzen stumm. Ungefähr so muss es sich anfühlen, wenn einem ein Schwertransporter über den Fuß rollt.

Ich reagierte rein instinktiv, wie wohl jeder, dem ein Schwertransporter über den Fuß rollt. Ich schubste Simon mit aller mir zur Verfügung stehenden Kraft von mir. Da er das ganze Gewicht auf seinen rechten und damit meinen linken Fuß verlagert hatte, geriet er aus dem Gleichgewicht, taumelte nach hinten und krachte mit voller Wucht gegen die Wand. Genauer gesagt, krachte er nicht nur *gegen* die Wand, sondern durch sie hindurch und somit in den Klassenraum nebenan.

Wir erstarrten samt und sonders zu Salzsäulen, besonders ich und Simon. Nebenan hatte nämlich der Unterricht schon begonnen, und die staunten nicht schlecht, als Simon so plötzlich und unerwartet durch die Wand kam. Wenn man denn so etwas überhaupt eine Wand nennen kann. Es war ja nicht mehr als eine popelige Gipskartonplatte, von beiden Seiten mit Tapete beklebt. Das konnten wir jetzt, wo das große Loch drin war, deutlich sehen.

Der Lehrer der anderen Klasse half Simon auf die Füße und klopfte ihm den Staub von den Klamotten. Er grinste ein bisschen dabei, und wir alle waren kurz davor, der Sache etwas Komisches abzugewinnen. Zumal Simon sich offensichtlich nicht wehgetan hatte.

Leider kam in diesem Augenblick die Klemperer zur Tür herein. Sie sah das Loch in der Wand und den Kollegen auf der anderen Seite und stemmte die Hände in die Hüften: »Wer war das?«

»Ich nicht«, beteuerte Meinrad, der alte Schleimscheißer, hastig.

Simon schob sich durch das Loch wieder in unseren Raum zurück. »Es war ein Unfall«, stotterte er.

»Ein Unfall, so, so.« Die Klemperer streckte den Kopf vor. »Wem wolltest du denn damit imponieren? Hältst du dich vielleicht für Rambo?«

Wer, zur Hölle, war Rambo?

»Sicher ihr Exmann«, flüsterte Kati mir zu.

Zwischen seinen Pickeln war Simon rot angelaufen. »Ähm . . . ich weiß auch nicht, wie das passieren konnte«, murmelte er.

»Du weißt nicht, wie das passieren konnte?« Sie baute sich bedrohlich vor Simon auf. »Du weißt nicht, wie das passieren konnte, dass du Schuleigentum mutwillig zerstörst?« Sie kam zunehmend in Fahrt. »Dafür weiß ich nur zu gut, was heute Nachmittag passiert! Deine Eltern bekommen nämlich einen Anruf. Von mir.« Sie wandte sich zu uns um. »Auf eure Plätze.«

Wir schlurften zu unseren Stühlen, während Simon unglücklich den Kopf hängen ließ. »Ich wollte das doch gar nicht«, sagte er, und da krampfte sich alles in mir vor Mitleid zusammen. Es war immer das Gleiche, immer dann, wenn ich besser den Mund halten sollte, wurde ich zum Kämpfer für Ehre und Gerechtigkeit.

»Also, eigentlich kann Simon gar nichts dafür«, sagte ich. »Weil ich ihn nämlich geschubst habe. Und ich finde, Sie sind wirklich unfair. Was kann er dafür, dass die Wand beim leisesten Windhauch zusammenbricht?«

Das war natürlich ein gefundenes Fressen für die Klemperer. »*Du* warst das?« Die Klasse nebenan grinste sensationsgeil durch das Loch in der Wand und hielt weiter den Atem an.

»Da wollte sich unser Blondschöpfchen wohl wieder mal in den Mittelpunkt spielen, was?« Die Klemperer kam näher. »Du kannst dem Direktor nicht nur erklären, warum du unsere Schule beschädigst und dich mit Mitschülern prügelst, sondern auch, was er deinen Eltern wegen der vielen Disziplinarverweise schreiben soll.« Mit einer zackigen Bewegung schlug sie das Klassenbuch auf. »Das wäre somit also Nummer vier.« Sie schraubte den Füller auf und begann zu schreiben. »*Raabe prügelt sich im Unterricht und zerstört mutwillig die Wand im Chemiesaal.*«

Ich stand auf. »Also, wennschon, dann habe ich mich *vor* dem Unterricht geprügelt!«

»Außerdem ist Simon ihr auf den Fuß getreten«, sagte Leni. »Es war ein reiner Reflex, das hätte wohl jeder getan.«

Die Klemperer tat, als habe sie nichts gehört. »*Des Weiteren legte sie Widerspruchsverhalten an den Tag*«, sagte und schrieb sie gleichzeitig.

»Sissi kann nichts dafür«, sagte Simon.

»Das ist wirklich unfair«, sagte Valerie.

»Möchte hier noch jemand einen Eintrag?« Die Klemperer sah von ihrem Klassenbuch hoch.
»Nein«, sagte ich. Widerspruch war hier sowieso zwecklos. Es reichte, wenn ich den Ärger am Hals hatte. Ganz artig nahm ich das Klassenbuch entgegen und ging damit zur Tür.
»Der Direktor soll seine Unterschrift und einen Stempel daruntersetzen, damit ich sehe, dass du auch wirklich da warst«, sagte die Klemperer. »Und dann soll er den Hausmeister schicken, um diese Katastrophe zu besichtigen. Hoffen wir mal, dass deine Eltern eine gute Haftpflichtversicherung haben.« Sie dachte wohl, ich würde mich vor lauter Angst verpissen, aber da kannte sie mich schlecht. Ich ließ mir doch die Gelegenheit nicht entgehen, dem Direktor meine Version der Geschichte vorzutragen.
In seinem Vorzimmer musste ich ein paar Minuten warten und schüttete daher zuerst der Sekretärin mein Herz aus. Offensichtlich fand ich die richtigen Worte, denn sie war voller Mitleid, und weil sie mich so nett bedauerte, fiel es mir gar nicht so schwer, in Tränen auszubrechen.
Der Direktor war dann nur noch bemüht, meinen Tränenfluss zu stoppen, aber wenn ich einmal zu heulen anfange, kann ich nur sehr schwer wieder aufhören. Mir fallen dann nämlich all die anderen Dinge ein, die mir Kummer bereiten. Unter Schluchzen gelang es mir geschickt, die alte Klemperer in ein sehr ungünstiges Licht

zu rücken, und ich hatte es fast geschafft, den Direktor von einer Benachrichtigung an meine Mutter abzubringen, als er das Klassenbuch aufschlug und meine Verweise durchlas. Jetzt überkamen ihn natürlich Zweifel, ob ich wirklich so unschuldig war, wie ich aussah. Ich aktivierte noch einmal alle meine Tränenkanäle und ließ meine letzten Wasserreserven fließen. Mit Erfolg, zumindest teilweise. Der Direktor versprach mir, nichts zu unternehmen, bevor er sie Sache nicht gründlich mit der Klemperer und den anderen Kollegen abgestimmt habe.
»Gut«, schluchzte ich. »Denn meine Mama ist nicht nur völlig verarmt, sondern auch ziemlich krank. Ich weiß nicht, ob sie so eine Nachricht verkraften würde.«
»Ach ja?«, sagte der Direktor, aber er sah nicht ganz so mitleidig aus, wie ich mir erhofft hatte. Offensichtlich hatte ich den Bogen überspannt. »Was hat sie denn?«
Ja, was hatte sie denn? Es musste schon etwas Schlimmes sein, aber natürlich nicht so schlimm wie Krebs. Am besten etwas, das keiner kannte, das sich aber unheimlich medizinisch anhörte. Jörg-Thomas, Annas Beinahe-Arzt-Freund warf ständig mit solchen Wörtern um sich. Aber wie es der Teufel wollte, auf die Schnelle und vor lauter Panik fiel mir natürlich nichts ein.
»Pfeiffersches Drüsenfieber«, sagte ich und klopfte mir innerlich auf die Schulter, dass mir gerade noch der rettende Einfall gekommen war. »Hochansteckend. Wenn Sie Mama in die Schule beordern, müssen Sie wahr-

scheinlich damit rechnen, dass Sie eine ganze Epidemie auslösen.«

»Ach ja?«, sagte der Direktor trocken. »Nun – ich schlage vor, die Entscheidung überlässt du uns. Du gehst jetzt erst mal zurück in den Unterricht und versuchst, zur Abwechslung mal nichts anzustellen.«

»In Ordnung«, sagte ich und lächelte ihn unter Tränen an. Bevor ich zurück in den Pavillon lief, setzte ich im Mädchenklo mein Gesicht unter Wasser, bis man mir nicht mehr ansehen konnte, dass ich geweint hatte. Ärgerlicherweise hatten wir Chemie in einer Doppelstunde, sodass ich noch mehr als die Hälfte vor mir hatte, als ich zurückkam. Die Klemperer setzte so ein widerwärtiges Lächeln auf, dass ich ihr am liebsten das Klassenbuch auf den dauergewellten Schädel gehauen hätte. Aber ich tat, was der Direktor mir geraten hatte, gab das Klassenbuch mit seiner Unterschrift zurück und setzte mich stumm auf meinen Platz.

«Höchste Zeit, dass du anfängst zu lernen, dass du keine Sonderbehandlung bekommst, nur weil du blond bist!«, versuchte mich die Klemperer zu provozieren.

Für heute hatte sie offenbar noch nicht genug Kinder gequält.

»Lassen Sie Sissi doch in Ruhe«, sagte Kati ganz leise, aber die Klemperer hatte Ohren wie ein Luchs. Sofort stürzte sie sich auf ihr neues Opfer.

»Was sind das denn eigentlich für neumodische Sitten,

im Unterricht Hüte zu tragen?«, wollte sie wissen und zeigte auf meine Federkappe, die Katis lila Problemzonen abdeckte. »Die anderen Lehrer lassen euch das vielleicht durchgehen – aber bei mir seid ihr da an der falschen Adresse.«

Nun muss man wissen, dass Kati keineswegs der geborene Rebell ist, eher im Gegenteil, sie ist ein ausgemachter Schisshase. Aber ich hätte geschworen, dass sie in diesem Fall lieber gestorben wäre, als die Kappe abzusetzen und aller Welt zu zeigen, was darunter war.

»Runter mit dem Ding, ich zähle bis zehn! Eins, zwei, drei...!«

Kati war den Tränen nahe. Prompt meldete sich wieder der Kämpfer für Ehre und Gerechtigkeit in mir, aber diesmal ignorierte ich ihn. Für heute hatte ich genug Probleme am Hals. Diese Sache musste sie allein lösen.

Kati rührte sich natürlich nicht. Sie schüttelte stumm den Kopf. Ihre verzweifelte Miene hätte jedes schockgefrostete Fischstäbchen der Welt aufgetaut, aber die Klemperer war viel kälter als Eis.

»Acht, neun, zehn«, zählte sie. Und damit griff sie nach der Kappe und Sekunden später ließ ein Strahl der fahlen Wintersonne Katis Stirn und Haar in wildpflaumiger Herrlichkeit aufleuchten. Kati sank schameslila auf ihr Pult nieder.

Trotz des Sonnenstrahls wäre vielleicht niemandem aufgefallen, dass mit Katis Haar etwas nicht stimmte.

Kati ist eine unscheinbare Persönlichkeit, bei einer Klassenumfrage hätten höchstens fünf Prozent ihre echte Haarfarbe gekannt. Das Lila schien keinem irgendwie komisch vorzukommen. Ich muss sagen, dass ich es auch gar nicht so schlimm fand, bis auf den lila Hautstreifen auf der Stirn und ihre Frisur, die völlig platt an der Kopfhaut klebte. Kati musste meine Kappe auch nachts getragen haben. Aber wie gesagt, kaum jemand schenkt ihr Beachtung. Bis ausgerechnet Alyssa, die blöde Ziege, laut aufquiekte, auf Katis Kopf zeigte und ausrief: »Du meine Güte, Kati ist ja ganz lila!«

Jetzt war es endgültig vorbei mit Katis Selbstbeherrschung. Sie brach in Tränen aus. Ein neuerlicher Tumult brach in der Klasse aus.

»Tatsächlich, die Haare sind ja ganz lila!«

»Welche Haare? Ich dachte, das sei eine Badekappe!«

»Wie war die denn vorher?«

»War das Gesicht schon immer quer gestreift?«

»Frau Klemperer, können Sie uns nicht sagen, wie man so etwas chemisch erklären kann?«

Bis zum Ende der Stunde gelang es der Klemperer nicht mehr, uns unter Kontrolle zu kriegen. Sie verteilte kräftig Klassenbucheinträge nach links und rechts und spuckte, was das Zeug hielt. Wie ein gereiztes Lama. Auch Alyssa bekam einen Eintrag, wegen »Anstiftung zum Aufruhr«.

Kati war natürlich so sauer auf Alyssa, dass sie nie wieder mit ihr sprechen wollte. Und sie wollte die Kappe wiederhaben, die die Klemperer konfisziert hatte, denn ohne Kappe fühlte sie sich zu Recht wie Freiwild kurz vor dem Abschuss. Ich ging in der kleinen Pause mit ihr zum Lehrerzimmer, in der Hoffnung, dass die Klemperer die Kappe freiwillig wieder herausrücken würde. Unterwegs wurde Kati von vielen Schülern angeglotzt, die mit dem Finger auf sie zeigten und sich kaputtlachten, und da fing sie wieder an zu heulen, stellte sich hinter einen Betonpfosten und weigerte sich, ihr Versteck zu verlassen, bevor sie die Kappe wiederhatte. Jetzt erst sah ich, dass auch ihre Ohren ganz lila waren.

Also musste ich allein weiter ins Lehrerzimmer. Die Klemperer saß dort in einer Ecke, vor sich eine Tasse Kaffee und die blaue Federkappe. Sie starrte vor sich hin. Sicher dachte sie über ihre verfehlte Berufswahl nach. Leise, um sie nicht zu stören, schlich ich näher, nahm meine Kappe und verschwand. Die Klemperer sah nicht einmal auf.

»Wenn ich dich nicht hätte«, schluchzte Kati hinter ihrem Pfosten, setzte sich die Kappe auf und gab mir einen Kuss. »Ich bin dafür, dass wir Alyssa aus der Band werfen, du nicht auch?«

»Ja, aber Valerie und Leni sind dagegen«, sagte ich.

»Die werden schon auch noch merken, was das für ein blödes Biest ist«, sagte Kati. Und genau so war es auch.

FÜNF

Am Montag war Jakob immer noch krank, ich hatte zweimal bei ihm angerufen, und er hatte wirklich ein bisschen wie ein Hamster geklungen. Ein armer fiebriger Hamster. Aber solidarisch, wie er war, hatte er sich trotzdem furchtbar über die Geschichte mit der Klemperer, Simon und der Wand vom Pavillon aufgeregt und gemeint, wenn er dabei gewesen wäre, hätte er dem Direktor die Sache schon erklären können. Bis jetzt war aber noch kein Brief von der Schule gekommen. Deshalb war ich eigentlich ganz guter Dinge, bis ich Alyssa in der großen Pause mit Konstantin sprechen sah. Mindestens eine Minute lang. Und er lächelte sie sogar an. Natürlich lächelte sie zurück und kringelte sich ihr wunderbares Haar um den Finger. Später, im Unterricht, lächelte sie immer noch, ununterbrochen, wie ein Honigkuchenpferd.

In der nächsten Pause sagte sie zu mir: »War keine schlechte Idee, mich zur Klassensprecherin wählen zu lassen. Ich denke, es wird nicht mehr lange dauern, bis Konstantin und ich zusammenkommen.«

Ich konnte es einfach nicht ertragen. Deshalb überredete ich Kati und Valerie, die letzten beiden Schulstunden zu schwänzen. Das war kein besonders riskantes Unternehmen, denn unser Musiklehrer, Herr Müller-Rubens, kannte auch nach drei Jahren immer noch nicht unsere Namen, unser Fehlen würde daher gar nicht auffallen.

Wir gingen zu Luigi in die Eisdiele.

Kati fand meine Idee großartig. Sie hätte sich mit ihren lila Ohren am liebsten sowieso in ein Mauseloch verkrochen. Und Valerie gehörte mittlerweile auch zu unserem Anti-Alyssa-Club. Die Wende war Freitag gekommen. Valerie hatte Meinrad gerade für ihre Tätowierung auf ihrer Schulter interessieren können – die natürlich aufgeklebt war und nicht echt –, als Alyssa sich auf der anderen Seite ins Gespräch eingemischt hatte. »Du, Meinrad, ich habe einen gepiercten Bauchnabel«, flötete sie. Damit hatte sich Meinrad schneller als der Schall zu ihr umgedreht und vergessen, dass Valerie überhaupt existierte.

Kati und ich hatten triumphiert, denn das sicherte uns eine weitere Stimme gegen Alyssas Bandmitgliedschaft. Und nicht nur das, die Sache war auch der eigentliche Grund, warum sich Valerie heute dafür entschieden hatte, mit uns zu schwänzen. Sie wollte, dass Meinrad sich Sorgen um ihr mysteriöses Fernbleiben machte. Was er natürlich nicht tun würde, da er aller Wahrscheinlichkeit nach nicht mal registrierte, dass sie überhaupt weg war. Egal, solange Valerie nur daran glaubte. Sie spendierte jedem von uns einen Milchshake und lehnte sich zufrieden zurück.

»Sicher denkt er, mir sei was zugestoßen. Das hat er jetzt davon«, sagte sie.

Ich wollte gerade eine spöttische Bemerkung machen, von wegen dass Liebe blind und blöd macht oder so, als sich die Tür öffnete und Konstantin hereinkam, er und ein halbes Dutzend weitere Schüler aus der Zehn. Sie kamen direkt an unserem Tisch vorbei, aber sie sahen uns nicht an, vor allem Konstantin nicht. Ich griff kurz entschlossen nach seinem Ärmel. Das war *die* Gelegenheit, ihm zu zeigen, wie cool ich war.

»Hi, Konstantin! Machst du auch blau?«

Konstantin sah zu mir herab. »Nee, Freistunde.«

»Oh!« Leider fiel mir jetzt nichts mehr ein. Konstantin ging dann einfach weiter.

»Woher kennst du denn den?«, fragten Valerie und Kati neugierig.

Ich sah seufzend zu Konstantin hinüber. Er ignorierte mich, aber er bestellte einen Schoko-Milchshake, genau wie ich. Sicher wollte er mir damit ein geheimes Zeichen geben. Ich fand, dass es an der Zeit war, meine Freundinnen einzuweihen.

»Das ist Konstantin. Gut möglich, dass ich bald mit ihm zusammen bin«, sagte ich und erzählte ihnen, was bis-

her schon zwischen uns vorgefallen war. Und dass Alyssa kräftig dazwischenzufunken versuchte.
Kati und Valerie fanden das total gemein von Alyssa.
»Diese alte Impfomanin«, fauchte Valerie. »Meinrad allein reicht ihr wohl nicht. Soll ich euch mal was sagen? Ich werde diesen fiesen Pickel da unten am Kinn nach Alyssa benennen. Das hat sie davon.«
»Auf unser erstes offizielles Schuleschwänzen«, sagte Kati und hob das Glas. Wir stießen mit unseren Milchshakes an, kicherten und fühlten uns frei und verwegen.
»Schule schwänzen ist wirklich cool«, sagte Kati, aber genau in dem Moment kam Alke in die Eisdiele, vom böswilligen Schicksal und einem unbändigen Appetit auf Erdbeereis getrieben. Valerie, Kati und ich zogen die Köpfe ein und versuchten, uns möglichst unsichtbar zu machen, aber dummerweise entdeckte der Alke uns trotzdem.
»Haben Sie jetzt nicht Unterricht?«, fragte er.
»Nein«, beteuerten Valerie und ich mit großen, ehrlichen Augen, aber Kati konnte einfach nicht lügen. Sie wurde rot wie eine Tomate und sah aus wie das personifizierte schlechte Gewissen.
»Das meine ich aber doch«, sagte der Alke prompt. »Musik, wenn ich mich nicht irre.«
Ja, hatte der denn nichts Besseres zu tun, als sämtliche Stundenpläne auswendig zu lernen? Nun sah es ganz so aus, als würde ich dem Direktor wieder mal einen Be-

such abstatten müssen, und das war sicher nicht gut für mich.

Aber was tun? Das Beste wäre gewesen, in Tränen auszubrechen und vor dem Alke auf die Knie zu fallen, aber das konnte ich natürlich nicht – wegen Konstantin.

Glücklicherweise übernahm Kati dann diesen Part für mich. Sie heulte Rotz und Wasser und schreckte nicht mal davor zurück, flehend nach Alkes Hand zu greifen. Vermutlich nahm er deshalb davon Abstand, uns zum Direktor zu führen, aber er bestand darauf, uns in den Musikunterricht zu bringen und Herrn Müller-Rubens über unsere Untat zu informieren, daran konnten Katis Tränen auch nichts ändern. Wie Lämmer auf dem Weg zur Schlachtbank wurden wir aus der Eisdiele geführt. Ich versuchte, den Abgang so würdevoll wie möglich zu gestalten und wackelte heftig mit dem Hintern – für Konstantin. Aber er sah gar nicht hin, leider. Immerhin, ein Gutes hatte die Sache doch: In der ganzen Hektik hatten wir völlig vergessen, die Milchshakes zu bezahlen.

Herr Müller-Rubens nahm unsere »Verspätung« recht gelassen. Er schrieb auch nichts ins Klassenbuch, vermutlich, weil ihm unsere Namen wieder mal nicht einfielen.

»Noch mal davongekommen«, flüsterte ich Valerie erleichtert zu, aber leider, leider hatte der Alke nichts Besseres zu tun gehabt, als dem Gürteltier unsere Missetat zu petzen.

Als wir am nächsten Morgen im Matheunterricht saßen, machte das Gürteltier ein stinksaures Gesicht. Sie hielt uns eine ellenlange Gardinenpredigt über das Schuleschwänzen und darüber, dass nur dumme Schüler so was für cool halten würden. Jakob, der zu meiner großen Freude wieder gesund war – das Pfeiffersche Drüsenfieber hatte sich als harmlose Angina herausgestellt –, drehte sich zu mir um und fragte: »Von wem spricht sie da?«

Ich zuckte mit den Schultern, aber leider verriet das Gürteltier am Ende ihrer Predigt unsere Namen und sagte, sie hoffe sehr, dass niemand in der Klasse sich ausgerechnet uns als Vorbilder nehmen würde.

»Wohl kaum«, sagte Alyssa und grinste absolut hinterhältig und gemein.

Kati und Valerie bekamen einen Eintrag wegen Schwänzens im Klassenbuch, aber für mich reichte das wohl allein nicht aus. Das Gürteltier baute sich drohend vor mir auf.

»Sissi Raabe! Als hättest du nicht genug Ärger am Hals! Jetzt musst du auch noch mit dem Schuleschwänzen anfangen. Langsam weiß ich wirklich nicht mehr weiter. Es wird uns nichts anderes übrig bleiben, als deine Mutter zu informieren.«

Ich überlegte, ob ich es noch einmal mit der Krankheitsgeschichte versuchen sollte, aber das Gürteltier spielte in einer ganz anderen Liga als der Direktor. Also hielt ich meinen Mund, während mich das Gürteltier an die Tafel zwang.

»Zeichne einen Kreis mit dem Radius r gleich vier Zentimeter und eine Gerade g, die mit dem Kreis keinen Punkt gemeinsam hat«, schnarrte es. »Konstruiere die Berührpunkte aller Tangenten an dem Kreis, die zu g parallel sind, und zeichne die Tangenten ein.«

»Hä?«, sagte ich. Tigerenten?

Im Gegensatz zu Konstantin half mir das Gürteltier kein bisschen, also blieben die Tigerenten, was immer das auch war, ungezeichnet.

Das Gürteltier schüttelte eine ganze Weile scheinbar zutiefst betroffen den Kopf, und dann setzte es zu einer erneuten Gardinenpredigt an, die überhaupt kein Ende mehr nahm. Wie ich die nächste Klassenarbeit zu schreiben gedächte und ob es mir bewusst wäre, dass ich bei einer Fünf einen blauen Brief bekäme. Und überhaupt sei ich versetzungsgefährdet, weil die Klemperer mir in Chemie ebenfalls eine Fünf geben wolle, und das nach allem, was sie gehört habe, völlig zu Recht. Und dass ich doch gar nicht so dumm sei; im Gegenteil, und wo denn mein gesunder Menschenverstand geblieben sei, und dass ich mir meine Zukunft verbauen würde, wenn ich jetzt auch noch mit dem Schuleschwänzen anfinge. Ich fand das schon ziemlich heftig und auch total ungerecht, aber ich wollte meine Lage nicht noch verschlimmern. Also hielt ich die Klappe und verhielt mich für den Rest des Unterrichts möglichst unauffällig.

»Ich mache mir doch nur Sorgen um dich«, sagte das Gürteltier noch, und damit schien es nicht die Einzige zu sein.

»Ich denke, du hast jetzt Nachhilfe in Mathe«, sagte Jakob auf dem Weg zum Bus. »Wieso kannst du es dann immer noch nicht? Das eben war allereinfachster Anfängerstoff. Ich meine – *Tangenten*!«

»Weil ich zu blöd dafür bin«, erwiderte ich schlecht gelaunt.

»Nein«, widersprach Jakob. »Ich glaube eher, dein Nachhilfelehrer ist zu blöd, dir was beizubringen. Wenn du willst, könnte ich es dir erklären. Es ist wirklich nicht schwer, wenn man den Dreh einmal raus hat.«

Ich hatte natürlich nicht die geringste Lust, mir meine kostbare Freizeit mit Mathelernen um die Ohren zu schlagen, aber es war *die* Gelegenheit, das Nützliche mit dem Angenehmen zu verbinden: Während des Mathelernens konnte Jakob mir auch gleich die Sache mit den Zungenküssen zeigen.

»Wie wär's mit heute Nachmittag?«, fragte ich.

Und weil auf Jakob immer Verlass war, antwortete er: »Heute Nachmittag wäre gut.«

♥ ♥ ♥

Ich sagte Mama nichts von dem Brief, den sie bekommen würde, denn dann hätte ich genauso gut einen Liter Abflussreiniger trinken können oder so. Ich musste den Brief abfangen und Mamas Unterschrift fälschen, dann – und nur dann – konnten wir beide in Ruhe weiterleben.

»In der Schule alles in Ordnung?«, erkundigte sie sich, als sie aus der Firma anrief, um zu kontrollieren, ob ich auch wohlbehalten nach Hause gekommen war.

»Alles bestens«, beteuerte ich und musste schlucken, weil ich mir mit einem Mal richtig schäbig vorkam. Mein schlechtes Gewissen meldete sich, und es schlug mit voller Kraft zu.

»Mama – ich hab dich lieb!«, sagte ich ins Telefon.

»Ich dich auch«, sagte meine Mutter. »Mein kleines Schätzchen.« Und trotz meines schlechten Gewissens war ich mehr denn je entschlossen, sie diesen Brief niemals in die Finger kriegen zu lassen. Sicher würde sie dann nie wieder »Schätzchen« zu mir sagen.

Jakobs Eltern waren in Urlaub gefahren und hatten ihn und seine drei Schwestern für ein paar Tage allein gelassen, etwas, was meine Mutter niemals tun würde, nicht mal für eine Nacht. Wenn sie für die Firma wegmusste, hetzte sie uns immer Oma auf den Hals.

»Die Tiefkühltruhe ist bis zum Rand voll«, sagte Jakob. »Und die Naschschublade ebenfalls. Möchtest du Pizza?«

»Ja, bitte«, sagte ich. Bei uns hatte es wieder mal Nudeln

mit Fertigsoße zu Mittag gegeben, da war Pizza eine hübsche Abwechslung. Jakob und ich teilten uns brüderlich eine Pizza Funghi, dann holte Jakob doch tatsächlich sein Mathebuch aus der Tasche.

»Also, wir fangen mit was ganz Leichtem an«, sagte er. Der Kerl wollte wirklich Mathe lernen, und das, obwohl gleichzeitig Telefon, Fernseher, DVD-Player und eine riesige Schublade mit Süßigkeiten zur freien Verfügung standen?

»Sollen wir nicht lieber was anderes machen?«, fragte ich. »Telefonspiele zum Beispiel? Oder eine DVD ansehen?« Jakobs große Schwestern hatten eine riesige Auswahl an kitschigen Liebesfilmen.

»Nein, nein«, sagte Jakob. »Wenn du jetzt in Mathe den Anschluss verpasst, schaffst du es niemals bis zum Abitur.«

»Ich denke, in einem Jahr kommt der Meteorit«, sagte ich.

»Vielleicht aber auch nicht«, sagte Jakob.

»Aber wenn doch, dann tut es uns furchtbar leid, dass wir unsere kostbare Zeit mit Mathe verschwendet haben. Mal ehrlich, gibt es nicht andere Dinge, die du viel lieber ausprobieren würdest, bevor du . . . äh . . . verglühst?«, fragte ich. Das klang ganz schön dramatisch. »Zum Beispiel . . . Zungenküsse und diesen ganzen Kram?« *Wenn du willst, stelle ich mich als Versuchsobjekt zur Verfügung*, hätte ich beinahe hinzugefügt.

»Ach, ich glaube nicht, dass das so wichtig ist«, sagte Jakob. »Da würde ich lieber Whale-Watching machen oder so was. In Kanada.«

»Na ja, *du* hast es ja auch schon mal ausprobiert. *Du* wirst nicht ungeküsst sterben«, sagte ich ein bisschen beleidigt. »Aber ich! Weißt du, dass sich schon alle über mich lustig machen, weil ich keine Ahnung habe, was man mit den Zungen anstellt, ganz zu schweigen von den anderen Sachen?«

»Wer macht sich über dich lustig?«

»Na, Alyssa zum Beispiel. Sie sagt, dass Jungs nur auf Mädchen stehen, die sich mit ein bisschen Knutschen nicht zufriedengeben. Mädchen wie ich sind total aus der Mode.«

»Mir ist egal, ob du in Mode bist oder nicht«, sagte Jakob.

»Aber ich weiß nicht mal, wie *es* funktioniert«, sagte ich. »Und jetzt sag bitte nicht, dass wir das doch in der Schule durchgenommen haben.«

»Na ja . . .«, sagte Jakob.

»Ich werde es wohl niemals erfahren«, sagte ich betont traurig. »Es sei denn, du würdest es mir zeigen.« So, jetzt hatte ich es gesagt. Jetzt lag es bei Jakob.

»*Alles*?«, fragte Jakob.

»Äh . . .« Hm. Tja, warum eigentlich nicht? Wo wir schon mal dabei waren: Es war sicher gut, es hinter sich zu bringen. »Ja, wenn du das kannst?«

»Ich wüsste schon, wie man es dir zeigen könnte«, sagte Jakob zögernd. »Wenn du es unbedingt willst.«
»Okay, dann zeig es mir«, sagte ich und sah auf die Uhr. »Ich muss erst um sechs zu Hause sein.«
»Doch nicht *jetzt*«, entsetzte sich Jakob. »So was haben wir doch nicht hier zu Hause.«
Was meinte er denn mit »so was«?
»Könntest du es denn bis morgen besorgen?«, fragte ich.
»Nee«, sagte Jakob. »Frühestens am Freitag.«
Mist. Übermorgen war doch schon wieder Nachhilfeunterricht. Aber da konnte man nichts machen, ich musste Konstantin eben noch einmal bluffen.
»Na gut«, sagte ich. »Ich komme zu dir, ja? Oder sind deine Eltern dann schon wieder da?«
»Nee«, sagte Jakob. »Wir haben sturmfreie Bude.«
Sehr gut. Dann würde ich wenigstens in der übernächsten Nachhilfestunde als erfahrene Frau aufkreuzen und nicht länger nur so tun müssen. Mama würde ich einfach sagen, dass ich bei Kati schliefe.
Den Rest des Nachmittags war ich bester Laune und konnte Jakob doch noch zu einem Telefonspiel überreden. Jakobs Eltern hatten eine Rufnummernunterdrückung, und das war herrlich, um Leute zu ärgern.
Jakob machte sich besonders gut als Herr Meyer von der Versicherung. Er konnte nämlich seine Stimme so verstellen, dass er ganz erwachsen klang. Heute riefen wir

bei Herrn Müller-Rubens an. Zuerst war seine Frau am Telefon.

»Ich hätte da noch ein paar Fragen zum Schadensfall in der Lilo-Bar, in den Ihr Mann verwickelt ist«, sagte Jakob und stellte auf »Mithören«.

»Lilo-Bar? Karl-Heinz, komm mal schnell ans Telefon!«

»In meinem Bericht steht, dass Ihr Gatte über dem Seidenhöschen der Stripteasetänzerin ausgerutscht und dabei die Oben-Ohne-Kellnerin angerempelt und umgestoßen hat«, sagte Jakob.

»Karl-Heinz!!!!!«

»Das Tablett mit Gläsern fiel zu Boden, die Kellnerin blieb unverletzt«, fuhr Jakob unbeirrt fort.

Ich lag zu diesem Zeitpunkt schon vor Lachen halb ohnmächtig auf dem Boden und hielt mir den Mund zu.

»Die Lilo-Bar stellt uns einen Schaden von siebenhundertdreiundachtzig Euro und vierzehn Cent in Rechnung, und jetzt würde ich gerne Ihren Mann fragen, ob er sich noch erinnern kann, was sich denn so Wertvolles auf dem Tablett befand. Hallo? Ist da noch jemand?«

»Hallo, ja, hier Müller-Rubens.«

»Karl-Heinz Müller-Rubens?«

»Ja, wer ist denn da?«

»Meyer von der Bar-Varia«, sagte Jakob, und da lachte ich so sehr, dass ich mir ein Sofakissen in den Mund stopfen musste, und nun konnte auch er sich nicht mehr halten und musste leider auflegen, bevor wir Müller-Rubens Kommentar hören konnten.

»Das war richtig schön gemein«, sagte ich zufrieden, als ich mich wieder gefangen hatte, und putzte mir die Lachtränen von der Wange. Jakob zeigte mir dann noch einen kleinen Gesteinsbrocken, der angeblich von einem Meteoriten stammte, der Anfang des letzten Jahrhunderts in Sibirien eingeschlagen war.

»Wenn der ein paar Minuten früher eingeschlagen wäre, hätte er Chicago getroffen«, sagte er. »Es ist mein Glücksstein. Seit ich ihn habe, passieren nur noch gute Dinge. Wenn du willst, leihe ich ihn dir mal.«

»Für die nächste Mathearbeit«, meinte ich, aber damit erinnerte ich Jakob nur an seine vernachlässigten Pflichten.

»Mensch, jetzt haben wir noch überhaupt nicht gelernt«, rief er aus. »Das holen wir am Freitag aber unbedingt nach.«

»Nein«, widersprach ich. »Morgen zeigst du mir doch, wie *es* funktioniert, schon vergessen?«

»Nein«, sagte Jakob. »Aber so lange dauert das ja nicht.«

Irgendwie wurde ich das Gefühl nicht los, dass wir möglicherweise aneinander vorbeigeredet hatten.

♥ ♥ ♥

Am nächsten Tag brach das Unheil über mich herein wie der Meteorit über Sibirien. Unser Ford hatte nämlich seinen Geist aufgegeben, und meine Mutter musste sich einen halben Tag Urlaub nehmen, um ihn in die Werkstatt zu bringen. Während sie auf einen Anruf von der Werkstatt wartete, bügelte sie zu Hause, und so war sie dummerweise da, als der Postbote kam. Sie nahm den Brief von der Schule höchstpersönlich entgegen.

Als ich nach Hause kam, wartete sie schon in der Tür auf mich, mit dem Brief in der Hand, und ich übertreibe nicht, wenn ich sage, dass sie aus dem Mund schäumte.

»Das . . . das ist unglaublich!«, rief sie mir entgegen. »Hast du das wirklich alles angestellt?«

»Nein«, beteuerte ich vorsichtshalber erst einmal. Wer weiß, was die alles dazugelogen hatten. »Kein Wort davon ist wahr.«

»Dann ist das also alles erfunden, ja? Du hast die Schule nicht geschwänzt? Die Zeche nicht geprellt? Keinen Mitschüler so heftig geschubst, dass er durch die Wand gebrochen ist?« Mama bekam kaum noch Luft. »Dann erklär mir mal, warum ich so einen Brief bekomme«, japste sie.

»Also, das war so – «, begann ich.

Aber Mama unterbrach mich. »Ach, ich will es überhaupt nicht wissen. Ich rufe jetzt in deiner verdammten Schule an und rede mit dem Direktor, warum ich erst so spät davon erfahre, dass meine Tochter die meisten

Klassenbucheinträge der Jahrgangsstufe zu verzeichnen hat.«

»Ja, aber doch nur, weil ich blond bin und die Klemperer mich nicht leiden kann!«, rief ich. »Hör mir doch erst mal zu...«

Aber Mama wählte schon. Mir blieb nichts anderes übrig, als dem Gespräch aus sicherer Distanz zu folgen. Zuerst war sie sehr zerknirscht, sie hörte dem Direktor zu, nickte immer, was der natürlich nicht sehen konnte, und sprach auch mit dem Gürteltier, das offenbar nichts Besseres zu tun hatte, als nachmittags im Büro des Direktors herumzulungern.

»Ja, ja, das ist sehr schlimm«, murmelte Mama. »Aber ich glaube ja nicht, dass sie es aus Böswilligkeit tut.« Wieder eine Pause. Dann wurde ihr Tonfall etwas schärfer. »Nein, ich denke, eine Erziehungsberatung ist nicht vonnöten.«

Immerhin. Ich nickte beifällig. Jetzt schien wieder der Direktor am Apparat zu sein, denn es ging um den Schadenersatz für die zerstörte Wand.

»Wie genau ist das Ganze denn passiert?«, erkundigte sich meine Mutter und sagte dann eine ganze Weile nichts als »hm, hm«. Dann aber, schlagartig, veränderten sich ihre Miene. »Wie viel?« Erneut schnappte sie nach Luft. Der Direktor schien einen Wortschwall von sich zu geben, aber Mama unterbrach ihn. Plötzlich klang ihre Stimme sehr ruhig und bestimmt. »Nein –

jetzt hören Sie mir zu. Sie können mir nicht weismachen, dass eine Schule, in der ein 13-jähriges Mädchen ihren Klassenkamerad durch die Wand schubsen kann, normgerecht gebaut ist. Mein Schwager arbeitet beim Bauaufsichtsamt, vielleicht sollte ich ihn die Sache prüfen lassen?« Sie schwieg einen kurzen Moment. »Wie bitte? Sie verzichten . . . ? Na wunderbar, dann wäre das ja geklärt. Und was die anderen Missetaten meiner Tochter betrifft, denke ich, dass ich damit allein zurechtkomme. Sie ist keineswegs schwer erziehbar oder gar dumm. Sie braucht lediglich für eine Weile engere Grenzen.«

Ich hatte zunehmend überrascht zugehört. Na also, Blut war eben doch dicker als Wasser. Wenn's drauf ankam, dann hielt meine Mama zu mir.

»Denen hast du es aber gegeben«, sagte ich stolz. Meine Mama! Wer hätte das gedacht.

Mama sah mich ungefähr so an, wie man eine Kakerlake im Abendessen ansehen würde. »Marsch in dein Zimmer«, sagte sie. »Sonst vergesse ich mich. Und merk dir eins: Noch eine einzige klitzekleine Sache, und du fährst nicht mit auf Klassenfahrt, dass das klar ist!«

Ich trollte mich sogleich eine Etage höher. In dieser Stimmung war es zwecklos, mit Mama zu verhandeln, das wusste ich. Trotzdem durfte ihre miese Laune nicht lange anhalten, weil ich doch am Freitag bei Kati beziehungsweise Jakob übernachten wollte, und das durfte sie mir auf keinen Fall verbieten. Ich musste also ganz, ganz kleine Brötchen backen.

Als Mama am Abend von der Arbeit nach Hause kam, hatte sie sich ein bisschen beruhigt und hörte mir sogar zu, als ich ihr meine Version der Geschichte oder vielmehr der Geschichten erzählte. Als ich zu der Sache mit der Klempererkuh kam, nickte sie sogar verständnisvoll.

Anna bestätigte Klemperers Hass auf Blondinen. »Weißt du nicht mehr, dass sie mir damals eine Drei in Chemie gegeben hat?«, fragte sie Mama. »Und im Abitur hatte ich dann vierzehn Punkte!«

»Ach, die ist das«, sagte meine Mutter und machte eine Bewegung, als wolle sie mir über den Kopf streicheln. Natürlich tat sie das nicht. Sie war ja immer noch böse auf mich.

»Ich verspreche dir, dass ich ab jetzt keinen Unsinn mehr anstelle«, sagte ich. »Aber bitte, bitte, lass mich am Freitag bei Kati übernachten. Das haben wir schon seit Wochen verabredet.«

»Mal sehen, wie du dich bis dahin benimmst«, sagte meine Mutter.

Und ich benahm mich in der Tat vorbildlich. Ich räumte sogar ohne Aufforderung das Geschirr in die Spülmaschine und fütterte den Kater.

Dann klingelte das Telefon.

Anna und ich lieferten uns wie immer einen Wettlauf.

Diesmal gewann Anna, aber nur, weil sie einen unfairen Ellbogencheck anwendete. Sie murmelte ein paarmal »Ja, ja, ist gut« ins Telefon, dann legte sie auf und sagte: »Das war dein Nachhilfelehrer. Er ist krank, die Nachhilfestunde morgen fällt aus.«
»Warum hast du ihn mir nicht gegeben?«, rief ich. Dann hätte ich wenigstens mal seine Stimme hören können. »Und was hat er denn überhaupt?« Vielleicht brauchte er jemanden, der ihm nasse Tücher auf die Stirn legte und seine Hand hielt.
»Darmgrippe«, sagte Anna höhnisch. »Er kackt den ganzen Tag.«
»Uäääh«, machte ich.
Am nächsten Nachmittag ging ich dann mit Mama einkaufen statt zum Nachhilfeunterricht, und obwohl Meinrad und Robert Lakowski wieder mal mit ihren Skateboards auf dem Aldiparkplatz herumfuhren, trug ich klaglos das Klopapier zum Auto. Im Drogeriemarkt wollte meine Mutter dann einen neuen Lippenstift kaufen. Ich wusste, was mich erwartete, und normalerweise hätte ich dankend abgelehnt, aber ich wollte unbedingt beweisen, dass ich ihr Vertrauen wert war und kam mit.
In aller Seelenruhe schaute sich Mama jeden einzelnen der siebentausend Lippenstifte genau an, dann schnappte sie sich die nächste Verkäuferin und fing an: »Sie hatten von Ellen Betrix mal einen Lippenstift in der Farbnu-

ance Rosenholz, in einer goldweißen Hülle. Genau den hätte ich gern wieder.«

»Meinen Sie diesen hier?«

»Ja, aber den scheint es in Rosenholz nicht mehr zu geben.«

»Da haben Sie leider recht. Aber von L'Oreal gibt es auch einen sehr schönen Rosenholzton. Sehen Sie mal.«

»Das ist aber nicht der gleiche. Der hier geht eher ins Orange.«

»Und was ist mit diesem hier? Der ist sogar kussecht.«

»Ich weiß nicht. Das ist doch eher ein Braun.«

Es war wirklich nicht zum Aushalten. Und megapeinlich dazu. Ich suchte unauffällig das Weite, wohlwissend, dass das noch stundenlang dauern konnte. Vielleicht fand ich hier ja irgendwo eine Dose Gänsefett.

»Entschuldigung, Gänsefett, wo steht das?«, fragte ich eine Verkäuferin.

»Gänsefett? Wofür brauchst du das denn?«

Also, das ging sie ja nun wirklich nichts an. »Äh, Sie wissen schon«, sagte ich.

»Ich glaube nicht, dass wir was mit Gänsefett führen. Wir haben aber eine sehr schöne Ringelblumensalbe auf Melkfettbasis«, schlug die Verkäuferin vor. »Vielleicht tut die es ja auch.«

Ich zuckte mit den Schultern. Woher sollte ich das denn wissen? Missmutig schlenderte ich die Regale entlang.

Als ich auf die Diätdrink- und Fertigvollwertmenü-Abteilung zuwanderte, wurde ich um ein Haar von einem Einkaufswagen überrollt. Ich konnte gerade noch beiseitespringen. Der Steuermann war niemand anders als Godzilla, die Mutter des petzenden Fruchtzwerges aus dem Schulbus neulich. Ich konnte von Glück reden, dass sie mich nicht wiedererkannt hatte, denn sie träumte bestimmt seit unserer letzten Begegnung davon, mir den Hals umzudrehen.

Ein Regal weiter traf ich dann auch auf ihren Sprössling. Er war gerade dabei, sich seine Anoraktaschen mit Zahnpflegekaugummis vollzustopfen. Sieh einer an! So viel kriminelle Energie in so einem kleinen Kerlchen. Immerhin achtete er auf seine Zähne.

Ich schlich mich leise an ihn heran und brüllte dann unvermittelt in sein Ohr: »Wie schmecken denn die?«

»Aaaaaargh!«, gurgelte der Fruchtzwerg. Sein Gesicht wurde joghurtbleich, seine Unterlippe zitterte.

»Mama!«, flüsterte er.

»Die gurkt da vorne mit dem Einkaufswagen herum. Du musst schon lauter rufen.«

Der Fruchtzwerg regenerierte sich etwas. »Meine Mama macht dich platt«, sagte er.

»Ja, aber dich sicher auch, wenn sie die vielen gesunden Kaugummis in deiner Tasche sieht«, sagte ich. »Los, ruf sie doch her.«

Der Fruchtzwerg griff sich links und rechts an die Anoraktaschen, als ob er sein Diebesgut schnell zurücklegen wollte. Aber dann hielt er mit verzweifelter Miene inne.

»Oho, da tummeln sich auch noch ein paar Fruchtgummis und Traubenzucker, was?«, schloss ich messerscharf, und der Fruchtzwerg zitterte wieder mit der Unterlippe.

In diesem Augenblick bog Godzilla mit dem Einkaufswagen um die Ecke, und dieses Mal erkannte sie mich und eilte zur Rettung ihres Sprösslings herbei. »Fabi – bedroht dich dieses Mädchen schon wieder?« Sie funkelte mich an, offenbar bereit zu allem.

Sicherheitshalber wich ich ein paar Schritte Richtung Babypflege zurück. Dabei ließ ich den tückischen kleinen Fruchtzwerg nicht aus den Augen. »Ihr Söhnchen hat Ihnen was zu sagen«, sagte ich.

Die Unterlippe der kleinen Zecke zitterte heftiger.

»Was fällt dir ein?« Godzilla richtete den Einkaufswagen auf mich aus und stampfte mit dem Fuß auf wie ein wilder Stier in der Arena. Ich war jetzt ebenfalls versucht, nach meiner Mama zu rufen, aber die war zwei Reihen weiter immer noch im Rosenholzfieber.

»Diese Geschichte im Schulbus damals, die hat Ihr Sohn völlig frei erfunden.« Ich redete hastig, denn hier ging es um Leben oder Tod. »Wahrscheinlich hat er den Joghurt selber in den Schulranzen gematscht und dann Angst vor Ihnen bekommen. Und später hat er auf die erstbeste Person gezeigt, die aus dem Bus kam. So war's doch, oder, Joghi?«

Der Fruchtzwerg guckte noch unschlüssig, Godzilla immerhin hatte aufgehört, mit den Füßen zu stampfen.

»War's nicht so?« Ich durchbohrte die prall gefüllte Anoraktasche mit meinen Augen.

Der Fruchtzwerg sagte immer noch nichts.

»Fabi«, sagte Godzilla mit überraschend sanfter Stimme.

»Traubenzucker ist auch was Feines«, sagte ich genauso sanft.

»Ja, so war es!«, brach es aus dem Fruchtzwerg heraus. »Ich habe den Joghurt selber in meinen Ranzen getan, Mama.«

»Du hast gelogen, Fabi? Das Mädchen hatte gar nichts damit zu tun?« Godzilla sah ehrlich betroffen aus.

»Doch«, sagte der Fruchtzwerg, aber da starrte ich erneut auf die Anoraktasche und imitierte heftige Kaubewegungen mit dem Kiefer.

»Ich meine, nein, hat sie nicht . . .«, verbesserte sich der Fruchtzwerg.

»Ich saß nur zufällig in der Nähe«, ergänzte ich freundlich.

»Aber Fabi!« Godzilla war echt fertig mit der Welt. Das hätte sie ihrem Liebling wohl nicht zugetraut. »Wie konntest du nur?«

Auf den Gedanken, sich bei mir zu entschuldigen, kam sie natürlich nicht, aber darauf konnte ich auch gut und gern verzichten.

»Wiedersehen«, sagte ich und machte mich auf die Suche nach Mama. Sie hatte die Lippenstifte endlich hinter sich gelassen und war bereits zu den Deodorants vorgedrungen.

»Wo warst du so lange?«, erkundigte sie sich.

»Ach, bloß hier und da«, murmelte ich und beobachtete nicht ohne Genugtuung, wie Godzilla mit Fruchtzwergchen den Laden verließ, ohne etwas gekauft zu haben. Vor der Tür schüttelte sie den Jungen, dass diverse Zahnpflegekaugummis aus der Anoraktasche fielen, und da brüllte Godzilla, wie nur Godzilla brüllen kann.

Meine Mutter betrachtete sie kopfschüttelnd.

»Leute gibt's«, sagte sie.

»Ja«, sagte ich. »Dieses Kind da ist jünger als ich und klaut wie ein Rabe. Du könntest es wirklich noch schlimmer angetroffen haben.«

»Ja«, sagte Mama. »Wahrscheinlich.« Und dann erlaubte sie mir aus heiterem Himmel, am Freitag bei Kati zu übernachten. Ich umarmte sie stürmisch.

SECHS

Ich war ziemlich aufgeregt, als ich bei Jakob klingelte, fast so, als wäre er Konstantin und nicht der gute alte Jakob, den ich schon immer kannte. Ich hatte auch ein bisschen Angst, weil ich nicht genau wusste, was auf mich zukam. Ich konnte nur hoffen, dass Jakob sich wirklich auf das verstand, was wir vorhatten, denn ich würde ihm im Falle des Falles nicht weiterhelfen können, so viel war sicher.

Jakobs Schwester Magdalena machte mir die Tür auf.

»Jakob ist in seinem Zimmer«, sagte sie. »Hier, du kannst die Pizza mit hochnehmen.« Sie drückte mir ein Familienblech Pizza Spinaci in die Hand. Jakob schien wirklich gar nichts den Appetit zu verderben. Ich selber war viel zu aufgeregt, um etwas zu essen. Und ich wollte sicher nicht nach Knoblauch schmecken bei meinem ersten Zungenkuss.

»Mach die Tür zu«, sagte Jakob, als ich mit dem Blech bei ihm ins Zimmer trat. »Sonst kommen meine Schwestern rein und sehen, dass ich den DVD-Player geklaut habe. Ich habe ihnen erzählt, dass Opa ihn sich ausgeliehen hat, und sie sind stinksauer auf Opa, weil sie heute zum dreitausendzwanzigsten Mal *Stolz und Vorurteil* anschauen wollten.«

Ich machte die Tür zu.

»Abschließen«, sagte Jakob. »Oder möchtest du dabei erwischt werden? Ich kann dir sagen, das war vielleicht kompliziert, das Ding zu besorgen.«

»Was für ein Ding?«, fragte ich, und meine Stimme klang so brüchig, dass ich mich räuspern musste.

»Na, das hier!« Jakob hielt eine DVD-Hülle hoch.

Meine Verwirrung erreichte ihren vorübergehenden Höhepunkt. »Hä?«

»*Angie – heiße Nächte ohne Reue*«, sagte Jakob. »Ab achtzehn.«

Ich ließ mich auf seinen Sitzsack fallen und begann Fingernägel zu kauen. Da sollte mal jemand den Durchblick behalten.

»Weißt du, wie schwer das war?« Jakob schob die DVD in das Gerät. »Ich hab's nur mit List und Tücke geschafft. Pass auf: Ich rein in den Videoladen und schön brav bei den Kindervideos rumgeguckt. Heute war glücklicherweise dieser dumme Aushilfsverkäufer da, ich glaube, der Mann muss in der Schule noch schlechter in Mathe gewesen sein als du. Die nicht jugendfreien Sachen sind in einem separaten Hinterzimmer untergebracht, durch einen Vorhang vom Hauptraum getrennt, und selbst der blöde Aushilfsverkäufer passt genau auf, wer da reingeht. Ich also geguckt und gewartet und schon mal ganz unauffällig den Aufkleber von Pünktchen und Anton abgepopelt. Und dann, als eine Omi reinkam, die ihren Hund mitbringen wollte, was der Aushilfsverkäufer gar nicht gut fand, bin ich – zong – durch den Vorhang und rein in die verbotene Abteilung.«

So weit konnte ich ihm mühelos folgen, nur was hatte das alles mit unserem Vorhaben zu tun?

Jakob fuhr unbeirrt fort. »Voll gefährlich war das natürlich, weil jeden Augenblick ein anderer reinkommen konnte. Ich also nichts wie die nächste DVD-Hülle gepackt und wieder raus, ehe der Videoheini etwas gemerkt hatte. Pass auf, und jetzt kommt das Geniale: Ich popele den Aufkleber ab und klebe stattdessen den von Pünktchen und Anton drauf. Außerdem tausche ich die Cover einfach um, päng. Die anrüchige Angie verstecke ich hinter einer von den *Herr der Ringe*-Kassetten, und dann gehe ich mit der falschen *Pünktchen und Anton*-DVD zur Kasse. Und der Aushilfsdepp gibt mir prompt die falsche DVD. Obwohl die unter Garantie in einer völlig anderen Ecke steht als die Kinderfilme. Ist das jetzt genial oder nicht?«

»Schon«, sagte ich. »Aber warum hast du dir die ganze Mühe überhaupt gemacht?«

»Na, deinetwegen, du Schaf«, sagte Jakob. »Du wolltest doch wissen, wie es funktioniert, und ich hatte versprochen, es dir zu zeigen. Auf dieser DVD kannst du dir alles ganz genau angucken. In Zeitlupe, wenn es sein muss.«

»Oh«, sagte ich perplex. Ich hatte ja geahnt, dass wir uns irgendwie missverstanden hatten. »Ich dachte...« Nein, das sagte ich jetzt lieber nicht. Irgendwie wäre es mir peinlich gewesen, wenn Jakob jetzt erfahren hätte, was ich eigentlich von ihm gewollt hatte. Das war jetzt wirklich eine verfahrene Situation. Eine DVD ansehen konnte vielleicht hilfreich sein in Hinsicht auf diverse Mysterien – nur küssen lernte ich dadurch nicht. Aber ich wollte Jakob nicht enttäuschen.

»Also, bist du bereit?«, fragte Jakob.

»Ja«, sagte ich.

Der Film fing ganz harmlos an. Zuerst wurden wir darüber belehrt, dass es uns verboten war, die DVD überhaupt anzuschauen. Außerdem war es uns auch verboten, sie zu kopieren und die Kopien in Umlauf zu bringen. Dann, völlig unvermittelt, sah man Angie –, jedenfalls nahm ich an, dass es sich um Angie handelte – in einem Bus sitzen. Alle anderen Fahrgäste stiegen nach und nach aus. Als Angie und der Busfahrer alleine waren, begann Angie aus heiterem Himmel, sich auszuziehen. Das geschah in Filmminute eins.

»Ähm, hast du irgendwelche *Signale* bemerkt?«, fragte ich Jakob. »Oder ist es einfach so heiß in diesem Bus?«

»Pssst«, sagte Jakob.

Der Busfahrer beobachtete im Rückspiegel, wie Angie sich nackig machte und steuerte den Bus an den Straßenrand. Er stand auf und kam nach hinten zu Angie auf die letzte

Bank. Hier sprach er den ersten Satz im Film, und der war so fürchterlich verdorben, dass ich ihn unmöglich wiederholen kann. Es kamen jede Menge Wörter darin vor, die unsereins nicht mal auf eine Hauswand sprühen würde. Jakob schien auch entsetzt zu sein, denn er setzte sich kerzengerade auf. Nur Angie fand das offenbar völlig normal und leckte sich mit ihrer Zunge über die Lippen.

Der Busfahrer knöpfte daraufhin seine Hose auf und ... Ach, du Scheiße!

»Das kann aber unmöglich das sein, was ich denke, was es sein soll«, sagte ich.

»So was gibt es doch gar nicht«, sagte Jakob, aber da sagte Angie auch mal etwas. Tut mir leid, auch das kann ich unmöglich wiederholen. Ich hielt mir erschrocken die Hand vor den Mund.

Jakob drückte auf die Mute-Taste. »Wenigstens den Ton können wir ja abdrehen«, schlug er unsicher vor.

Angie ließ sich auf die Rückbank fallen und der Busfahrer fiel auf sie drauf. Was dann geschah, konnte ich nicht sehen, weil ich die Augen zumachen musste. Es war einfach zu – uäääääh!

Jakob schien das auch zu finden. Ich hörte, wie er nach Atem rang.

»Ich hätte nicht gedacht, dass man alles so genau sieht«, hörte ich ihn sagen. »Ich dachte immer, die spielen das nur.«

»Und ich dachte, man würde sich vorher küssen und

Signale senden und ...«, sagte ich mit fest geschlossenen Augen.

»Das muss man sich wirklich nicht freiwillig antun«, sagte Jakob. Ich hörte, wie die DVD aus dem Recorder fuhr. »Du kannst die Augen wieder aufmachen, Sissi. Ich habe ausgemacht.«

Ich sah auf den dunklen Bildschirm und seufzte erleichtert. »Hättest du doch nur *Pünktchen und Anton* genommen.«

»Ich konnte doch nicht wissen, dass es so – grässlich sein würde«, sagte Jakob. »Aber wenn du hingeschaut hättest, wüsstest du jetzt wenigstens, wie es geht.«

»Ich weiß nicht«, sagte ich. »Vielleicht wäre ich dann mein Leben lang Jungfrau geblieben.«

»Ich finde sowieso, man sollte so etwas nicht übereilen«, sagte Jakob. »Im Internet steht, dass über vierzig Prozent aller Jugendlichen ihren ersten Geschlechtsverkehr erst mit achtzehn und später haben.«

»Aber das sind wahrscheinlich genau die vierzig Prozent, die sowieso keiner haben will«, gab ich zu bedenken.

»Quatsch«, sagte Jakob und packte »Angie« zurück in die DVD-Hülle. »Was ist nur mit dir los? Früher warst du doch nicht so. Dir war immer völlig egal, was andere von dir denken.«

»Die Zeiten ändern sich«, sagte ich und zuckte mit den Schultern.

Jakob hielt mir die DVD unter die Nase. »Was machen wir jetzt damit?«

»Wir bringen sie zurück«, schlug ich vor. »Und leihen uns was anderes aus. Was Nettes. So was wie *Ice Age*.«

»So blöd, wie dieser Typ ist, merkt er wahrscheinlich nichts«, sagte Jakob. »Aber was ist, wenn jemand anders sich Pünktchen und Anton ausleihen will und stattdessen Angie und den Busfahrer anschauen muss?«

»Oh, mein Gott«, sagte ich. Jakob und ich wurden gleichermaßen von Mitleid für diese arme unwissende Person ergriffen. Selbstlos beschlossen wir daher, vorzubauen und im Videoladen für Ordnung zu sorgen. Das war wieder mal der Kämpfer für Ehre und Gerechtigkeit, der sich in mir meldete. Eigentlich hätte ich gleich wissen müssen, dass das wieder nur Ärger geben würde.

♥ ♥ ♥

Wir fuhren mit dem Fahrrad zur Videothek, Jakob mit seinem Rennrad, ich mit dem Rad seiner Mutter. Es war erst kurz vor neun, als wir in der Videothek ankamen, das Geschäft hatte bis elf geöffnet. Es war kaum was los, nur ein älteres Ehepaar wanderte unschlüssig zwischen den Regalen hin und her.

Der Aushilfsverkäufer oder vielmehr -verleiher stand hinter der Theke und sah wirklich so dumm aus, wie Jakob geschildert hatte. Ein bisschen hatte er Ähnlichkeit mit dem Busfahrer aus der DVD, fand ich. Was ihn nicht gerade sympathischer machte. Jakob holte tief Luft und legte die Angie-DVD vor ihn auf die Tischplatte.

»Die möchte ich zurückgeben«, sagte er. »Das ist die falsche DVD. Ich hatte Pünktchen und Anton ausgeliehen. Diese hier handelt von einem Busfahrer.«

»Was weiß denn ich?«, knurrte der Aushilfsverleiher. Das ältere Ehepaar kam ebenfalls an die Theke. »Sagen Sie, haben Sie Filme mit Katharine Hepburn?«

»Wer soll denn dat sein?«

»Sie kennen Katharine Hepburn nicht?«

»Nä, und wenn se tot is, haben wir se auch nit.«

Das Ehepaar verkrümelte sich wieder zu den Regalen. Dort stritten sie sich leise darüber, ob Katharine Hepburn nun schon tot sei oder nicht.

»Hier muss eine Verwechslung vorliegen«, fing Jakob noch mal von vorne an. »Ich wollte Pünktchen und Anton sehen und nicht diesen – Mist hier.«

»Was is 'n das überhaupt?« Der Typ nahm Jakob die DVD aus der Hand und suchte nach der entsprechenden Nummer in den Regalen hinter ihm. Dort zog er dann *Pünktchen und Anton* heraus, natürlich. »Das is doch korrekt, Junge.«

Jetzt kam das Ehepaar wieder an die Theke. »Haben Sie denn was mit Cary Grant?«

»Das ist auf jeden Fall die falsche DVD«, sagte Jakob.

»Oder was mit Ingrid Bergman?« Der Ehemann ließ nicht locker.

»Oder was mit Cary Grant und Ingrid Bergman«, fügte die Ehefrau hinzu.

»Momentchen!« Genervt schob der Typ die Angie-DVD in seinen eigenen DVD-Player. Der Dummkopf, das hätte er gar nicht machen müssen, denn auf der Scheibe selber stand dick und fett »Angie – heiße Nächte ohne Reue« gedruckt und außerdem die richtige Nummer. Aber vermutlich konnte der Ärmste nicht lesen. Er drückte auf »Vorlauf«.

Ich machte vorsichtshalber die Augen zu und hörte nur ein fürchterliches Stöhnen. Und dann hörte ich Angie wieder schrecklich unanständige Wörter von sich geben. Die ältere Frau ließ einen Schreckensschrei hören.

Etwas lahmarschig drückte der Aushilfsverleiher die Ejekt-Taste. »Scheint tatsächlich eine Verwechslung vorzuliegen.«

»In der Tat«, stimmte ihm Jakob zu und wandte sich erklärend an das ältere Ehepaar, das wie versteinert neben uns stand. »Wir wollten eigentlich *Pünktchen und Anton* ausleihen.«

Das Ehepaar war, gelinde gesagt, entsetzt. »Ihr armen Kinder«, rief die Frau. »Ihr armen, armen Kinder.«

»Also, das ist wirklich die Höhe«, sagte ihr Ehemann.

»Ähm, kann ja mal vorkommen«, mischte ich mich begütigend ein, denn ich sah schon die nächste Katastrophe auf uns zukommen.

»Das ist ein Fall für die Polizei«, entschied die Frau.

»Nu machen se sich mal nicht ins Hemd«, sagte der Aushilfsverleiher. »Das ist doch nicht schlimm!«

»Nicht schlimm?«, rief der Ehemann empört. »Sie verleihen hier Pornos an Kinder und nennen das nicht schlimm? Wo ist das Telefon?«

»Gibt keins«, behauptete der Depp hinter der Theke, dabei lag es direkt neben ihm.

»Wie Sie wollen«, sagte der Mann nun richtig wütend, zückte sein Handy und wählte 110.

Jakob und ich tauschten einen erschrockenen Blick. So hatten wir uns das aber nicht gedacht.

»Wir müssen jetzt leider nach Hause«, sagte ich.

Aber da hatte der Cary-Grant-Fan schon die Polizei an der Strippe.

»Ihr armen Kinder«, meinte seine Frau und strich mir mitleidig über das Haar. »Wie alt seid ihr denn?«

»Dreizehn«, sagte Jakob.

Ich schwieg einfach nur. Das hier war wieder so eine typische Sissi-Katastrophe. Es fing ganz harmlos an und geriet dann schneller außer Kontrolle, als man »huch« denken konnte. So etwas passierte nur immer mir. Und nie konnte ich was dafür.

Das glaubten die freundlichen Polizisten jedenfalls auch, die wenige Minuten später ankamen. Sie schoben

die ganze Schuld kurzerhand auf den Aushilfsverleiher und den Ladenbesitzer, den der Aushilfsverleiher mit dem angeblich nicht vorhandenen Telefon hergerufen hatte. Die Polizisten schimpften beide tüchtig aus und drohten mit einer Klage. Das Ehepaar hackte obendrein noch auf den beiden herum.
»Eine Schlamperei ist das«, sagte die Frau. »Und Katharine Hepburn haben sie auch nicht.«
Am Ende taten mir der Ladenbesitzer und der Aushilfsverleiher richtig leid. Ich kam beinahe um vor schlechtem Gewissen, und Jakob auch, das sah ich ihm an. Aber was sollten wir machen? Es sah ohnehin schon ziemlich schlecht für uns aus, denn die Polizisten bestanden darauf, uns persönlich nach Hause zu bringen. Bei Jakob war das nicht weiter schlimm, denn bei ihm waren nur seine Schwestern zu Hause. Aber bei mir wartete Mama, und die wähnte mich ja bei Kati. Ich hatte plötzlich wieder ihre Worte im Gedächtnis, von wegen, noch eine Sache und ich würde nicht mit auf Klassenfahrt gehen dürfen.
»Bitte, bitte, lassen Sie mich hier an der Ecke heraus«, bat ich. »Meine Mutter ist herzkrank. Sie wird einen Heidenschreck bekommen, wenn ich von Polizisten nach Hause gebracht werde.«
»Wir erklären ihr alles in Ruhe«, sagte der eine Polizist. »Du hast ja nun wirklich nichts angestellt.«
»Bitte«, sagte ich. »Sie ist wirklich sehr schreckhaft. Es könnte ihr Ende sein.«

Der andere Polizist drehte sich zu mir um. »Wir machen das schon. Hab keine Angst.«
Wenn die wüssten. Aber da war nichts zu machen. Sie parkten ihren Polizeiwagen in der Einfahrt und stiegen alle beide mit aus.
Meine Mutter sah tatsächlich ein wenig herzkrank aus, als sie die Tür öffnete und mich zwischen zwei Uniformierten sah. Sie griff sich auch an die linke Brust, wie immer, wenn sie sich über etwas aufregte.
»Was ist passiert?«, keuchte sie.
»Gar nichts, wirklich gar nichts«, beteuerte der eine Polizist. »Wir haben Ihre Tochter sicher nach Hause gebracht.«
»Warum bist du denn nicht bei Kati?«
»Ähm, weil . . . Kati ist krank geworden, und da bin ich stattdessen zu Jakob gegangen.«
»Und da haben sich die beiden Kinder in aller Unschuld ein Video ausgeliehen«, sagte der andere Polizist im Erzählton. »Leider ist dem Besitzer der Videothek ein verhängnisvoller Irrtum widerfahren. Die DVD in der Packung war – nun, sie war nicht für Kinder gedacht. Die beiden haben sie zurückgebracht, und da eine solche Begebenheit gegen das Jugendschutzgesetz verstößt, sind wir gerufen worden. Nach der ganzen Aufregung erschien es uns besser, die Kinder nach Hause zu bringen.«
»Ich verstehe«, sagte Mama, aber sie sah keinesfalls verständnisvoll aus. »Dann danke ich Ihnen vielmals.«

»Es liegt bei Ihnen, Anzeige gegen die Videothek zu erstatten. Aber ich glaube, Ihre Tochter hat keine bleibenden Schäden davongetragen«, sagte der eine Polizist.
»Da haben Sie wohl recht.« Mama sah mich durchdringend an. »Jedenfalls noch nicht. Auf Wiedersehen und vielen Dank jedenfalls.«
Mich packte die nackte Furcht. Am liebsten wäre ich wieder mit den Polizisten mitgefahren. Aber die stiegen in aller Seelenruhe in ihr Auto und fuhren davon.
Mama griff nach meinem Arm. »Und jetzt der Reihe nach, du kleines Monster«, zischte sie.
»Also, das war so«, begann ich, aber Mama wollte überhaupt nicht hören, was ich zu sagen hatte. Sie griff schon nach dem Telefon.
»Was machst du da?«
»Ich rufe bei deiner Freundin Kati an«, sagte Mama, und da hatte sie auch schon Katis Mama an der Strippe. Die wusste natürlich weder etwas von Katis Krankheit noch von einer Verabredung mit mir. Mama nickte grimmig in den Hörer und wünschte noch einen schönen Abend.
Ich wich sicherheitshalber schon mal bis zur Treppe zurück.
»Du hast mich vorsätzlich angelogen«, sagte Mama mit Tränen in den Augen, und das war in der Tat kein guter Ausgangspunkt. Alles, was ich dann noch zu sagen hatte, von wegen, dass ich zum Lügen quasi gezwungen worden sei und so, hätte die Sache nur noch schlimmer

gemacht. Ich ließ den Kopf hängen und erwartete die unvermeidliche Standpauke.

Aber die blieb aus. »Wir reden morgen darüber«, sagte sie und wandte sich ab, aber ich konnte gerade noch sehen, dass sie sich über die Augen wischte, und das war irgendwie schlimmer, als wenn sie getobt und geschrien hätte. Ich trottete in mein Zimmer und fühlte mich echt mies. Und dabei – das war beinahe das Schlimmste – hatte ich immer noch keine Ahnung, was man nun bei einem Zungenkuss mit den Zungen machen musste.

Das Gespräch, das Mama am nächsten Morgen mit mir führte, verdiente den Namen gar nicht.

»Jetzt hast du den Bogen endgültig überspannt!« Mama sah unglaublich böse aus. »Da reicht man dir den kleinen Finger ... und du missbrauchst mein Vertrauen so hinterhältig. Du wirst dich bis zur Klassenfahrt nicht mehr aus dem Haus rühren, außer zur Schule. Hast du verstanden?«

»Aber die Klassenfahrt ist erst in einer halben Ewigkeit!«, rief ich aus.

»In drei Wochen. Genau«, sagte meine Mutter. »Und wenn du dir bis dahin auch nur noch das Geringste zuschulden kommen lässt, fährst du nicht mit. Hast du das verstanden?«

Ich seufzte. »Ja«, sagte ich.

Aber der Hausarrest war natürlich nicht alles. In ihrer schlaflosen Nacht hatte Mama sich eine Menge anderer Strafen für mich einfallen lassen. Für die Dauer meines Gefängnisaufenthalts musste ich die Spülmaschine ausräumen, die Waschbecken schrubben und die Treppe putzen. Außerdem die Garage aufräumen und die Wäsche aufhängen.

»Ist das alles?«, fragte ich ironisch.

»Mir wird schon noch mehr einfallen«, sagte Mama, keine Spur ironisch. Sie ging sogar so weit, dass sie bei Jakobs Eltern anrief, die inzwischen leider aus dem Urlaub zurückgekommen waren, und ihnen die ganze Geschichte erzählte, von wegen Pornofilm ausgeliehen und von der Polizei nach Hause gebracht. Das fanden Jakobs Eltern nicht weiter schlimm, richtig sauer waren sie nur, weil wir Jakobs Fahrrad und das Rad seiner Mutter vor der Videothek hatten stehen lassen. Als Jakob am Morgen gekommen war, um sie abzuholen, waren sie leider gestohlen worden. Jakob bekam ebenfalls Hausarrest aufgebrummt, allerdings nur für eine Woche.

Die Tage im Gefängnis waren nicht besonders erbaulich. Mama kniff auf höchst unangenehme Art und Weise die Lippen zusammen, wenn sie mich ansah, und sie schüttelte praktisch den ganzen Tag den Kopf, als könne sie einfach nicht fassen, was für eine fürchterlich missratene Tochter sie habe.

Auch mein Vater wurde über meine Missetaten informiert und führte ein längeres Telefonat mit mir.

»Sieh mal, Lisa«, sagte er. »Jeder macht mal Fehler, aber der Kluge lernt daraus. Ich habe auch mal Marihuana geraucht, als ich jung war, aber heute weiß ich, dass ich mich damals nur von falschen Freunden habe beeinflussen lassen.«

»Papa! Ich habe kein Marihuana geraucht!« Was glaubten die denn? Eine Fantasie wie Zwergenmutti persönlich.

»Ach, was weiß ich, wie diese modernen Drogen heutzutage heißen«, sagte mein Vater. »Was ich damit sagen will, ist, dass du nichts tun sollst, was du eigentlich nicht tun willst, wenn du tief in dich hineinhorchst. Du darfst dir von niemandem in dein Leben reinreden lassen!«

Jetzt reichte es aber zu Abwechslung *mir* mal. »Ihr spinnt doch total!«, rief ich. »Die Einzigen, die mir in mein Leben reinreden, seid ihr. Drogen! Ich nehme keine Drogen! Aber was tatsächlich mit mir los ist, das will doch keiner von euch wissen. Das nächste Papa-Wochenende ist jedenfalls gestrichen!« Und damit knallte ich den Hörer auf.

Mama schüttelte wieder nur den Kopf. Meine Güte noch mal, was hätte sie wohl gemacht, wenn ich wirklich Drogen genommen hätte? Oder magersüchtig wäre oder ein notorischer Ladendieb oder alles auf einmal?

»Hast du nie was angestellt?«, fragte ich Anna. »Schule geschwänzt oder so was?«

»Nö«, sagte Anna. »Aber ich habe meinen Schülerausweis gefälscht.«

»Warum? Damit du in die Disco reinkonntest? Oder noch was Verboteneres damit anstellen konntest?«, fragte ich begierig.

»Nein! Das habe ich gemacht, damit niemand meinen zweiten Vornamen kennt«, sagte Anna und wurde rot. Sie hieß nämlich *Herta* mit zweitem Namen, nach unserer Oma. »Ich habe Tipp-Ex darüber gemacht und stattdessen *Marie* hingeschrieben.«

»Ach, du liebe Güte«, sagte ich bodenlos enttäuscht. »Und – hast du für diese schreckliche Tat Hausarrest bekommen?«

»Oh nein«, sagte Anna. »Ich war nicht so dumm, mich dabei erwischen zu lassen.«

»Du wirst sicher am Ende deines Lebens heiliggesprochen«, sagte ich.

❤ ❤ ❤

Es war fürchterlich, nicht mehr am öffentlichen Leben teilhaben zu können, zumal auch noch Karneval in meine Gefängniszeit fiel, und Mama keine Ausnahme machte. Ich durfte nirgendwohin, weder mit Kostüm noch ohne. Auch die Karnevalsparty bei Meinrad in der Garage fand ohne mich statt. Allerdings wohl auch ohne Kuss-Spiele, wie ich später erfuhr, denn Meinrads Eltern kamen alle zwei Minuten gucken, ob auch alles mit rechten Dingen zuging in ihrer Garage. Rosenmontag verbrachte ich mit dem Sortieren von Socken und dem Abstauben des Bücherregals. Anschließend musste ich die Bücher nach Autoren und Sachgebieten ordnen. Ich richtete eine Abteilung für Aufklärungsliteratur ein. Außerdem schrieb ich weiter an meinem Song. Eine Strophe, die von meiner grenzenlosen Sehnsucht zeugte.

> *Ich will dich immer riechen*
> *und mich in dich verkriechen.*
> *Ich werde mich nicht schämen,*
> *mit Gänsefett zu cremen.*
> *Ich werde dich von Osten*
> *nach Süd, Nord, West verkosten.*

Die Falschen Fünfziger probten ohne mich, aber dafür mit Alyssa. Kati und Valerie hielten mich übers Telefon auf dem Laufenden. Besuchen durften sie mich nicht. Leni war die ganze Zeit mit Alyssa zusammen, es sah so aus, als habe sie beschlossen, nicht länger unsere beste Freundin zu sein. Dummerweise hatten Kati und Valerie ihr erzählt, dass ich in Konstantin verknallt sei, und Leni hatte es unter Garantie Alyssa weitererzählt. Die grinste nämlich immer so blöd, wenn sie mich ansah. Und in fast jeder Pause sah ich sie mit Konstantin reden, der schnell von seiner Darmgrippe genesen war. Mich

übersah er völlig, es war, als wäre ich unsichtbar für ihn. Nur in den Nachhilfestunden redete er mit mir, wenn auch nicht wirklich viel. Proportionale und antiproportionale Zuordnungen im Koordinatensystem – ein anderes Thema hatten wir nicht. Und das Übungsblatt, das ich vergessen hatte. Ich konnte mich überhaupt nicht erinnern, dass er mir so ein Ding gegeben hatte. Aber Konstantin schien mir das nicht zu glauben.
»Du bist ein hoffnungsloser Fall«, sagte er. »Was Dümmeres ist mir noch nie untergekommen.«
Jedem anderen hätte ich für diese Bemerkung eine gelangt. Aber bei Konstantin klang es gar nicht so schlimm. Fast ein bisschen besorgt. Und war das nicht schon einmal ein Anfang?
Die Nachhilfestunden liefen immer nach dem gleichen Schema ab: Konstantin stellte mir Aufgaben, die er dann selber löste. Ich glaube, das merkte er noch nicht mal. Lernen tat ich dabei jedenfalls nichts.
Es tat weh, dass er mit Alyssa sprach und mich nicht mal bemerkte. Ich dichtete eine neue Strophe für meinen Rap, eine, die mir zwar aus dem Herzen sprach, aber nicht gerade preisverdächtig gut war. Zumal er eine Silbe zu viel hatte.

Ich will mit dir allein!
Hau Alyssa doch die Fresse ein.

Einmal folgte ich Konstantin in der Pause wie ein Schatten bis zum Schwarzen Brett, wo er einen großen Zettel anheftete. Darauf stand, dass ab sofort immer mittwochs nachmittags für die Klassen 7 bis 10 eine Trampolin-AG in der Turnhalle stattfände, Leitung Konstantin Drücker.

Wahnsinn! Der Junge konnte nicht nur Mathe, sondern auch noch Trampolin springen! Ich musste natürlich um jeden Preis in diese AG.

Aber Mama blieb hart. »Das sehen wir, wenn der Hausarrest vorbei ist und wenn deine Mathenote wieder im grünen Bereich ist.«

»Aber Mama, die AG beginnt jetzt sofort. Und da geht keiner freiwillig hin, das ist eigentlich die reinste Strafe.«

»Nein«, sagte Mama. »Das hättest du dir alles früher überlegen müssen. Jetzt kannst du auch mal die Konsequenzen deines Verhaltens spüren.«

»Du zerstörst mein Leben!«, rief ich und fing an zu heulen, nicht, um Mamas Herz zu erweichen, sondern weil ich ehrlich verzweifelt war. Alyssa würde natürlich in die AG gehen und Leni sicher auch. Kati und Valerie erzählten mir, dass Alyssa sich extra einen neuen Gymnastikanzug gekauft hatte.

Jakobs Hausarrest gestaltete sich nicht ganz so furchtbar wie meiner. Er musste nur jeden Abend mit seinem Vater zusammen in dessen Hobbykeller Flugzeugmodelle aus Sperrholz basteln. Trotz dieser besonderen Folter vergaß er mich nicht, sondern rief täglich an, um zu fragen, wie es mir ginge. Und weil meine Mama doch noch ein Herz hatte, erlaubte sie mir sogar, mit ihm zu sprechen.

Ich nahm das Telefon mit in mein Zimmer. »Wie geht es dir?«, fragte Jakob.

»Na, wie schon!«, sagte ich. »Ich bekomme langsam Thrombosen oder so was.«

»Du meinst Neurosen.«

»Nein, Thrombosen. Die bekommt man, wenn man sich nicht bewegen darf. Und ich dürfte hier nicht mal raus, wenn es brennt.«

»Ich bekomme Neurosen«, sagte Jakob. »Noch ein beschissenes Modellflugzeug, und ich schreie die ganze Siedlung zusammen. Gott sei Dank muss ich nur noch zwei Tage absitzen.«

»Tut mir leid, dass ich dir das alles eingebrockt habe«, sagte ich. »Dabei wollte ich gar nicht, dass du einen Film ausleihst. Ich wollte, dass du es mir . . . anders zeigst. Und jetzt kann ich vielleicht nicht mal mit auf Klassenfahrt.«

»Mir tut es auch leid«, sagte Jakob.

SIEBEN

In diesem Jahr fielen mehrere Festtage der Familie auf ein und dasselbe Wochenende: Omas einundsechzigster Geburtstag, Opas siebter Todestag, Uroma Ruths vierundneunzigster Geburtstag und Onkel Heinrichs dritter Herzinfarkt. Außerdem hatte Anna ihre schwierige Klausur bestanden, Oma das Tennisclubturnier im Senioren-Einzel gewonnen und Jörg-Thomas offiziell seinen Doktortitel erhalten. Oma beschloss daher aus vielfältigen Gründen, eine rauschende Party zu geben.

Wenn Oma eine rauschende Party gibt, sieht das in etwa so aus: Wir, Mama, Anna und ich und alle anderen weiblichen Anverwandten, backen tagelang Kuchen und schnipseln Salate und schleppen diese am Tag X zu Omas Haus. Hier wartet sie schon mit einem leicht irren Blick unter den frisch gefärbten Wimpern und treibt uns zu weiteren Taten an. Alle Tische im Haus werden auf die maximale Länge getrimmt und zu einer Tafel quer durch Wohn- und Esszimmer aufgebaut, die Oma mit allen weißen Tischdecken behängt, die sie auftreiben kann.

Dann sind die Stühle an der Reihe. Unsere Küchenstühle, Hocker, Klavierschemel, Gartenmöbel reichen gerade mal für ein Zehntel unserer Verwandten. So ist es immer, und so war es auch diesmal. Trotzdem tat Oma so, als könne sie es gar nicht fassen.

»Lieber Himmel! Wir haben viel zu wenig Stühle. Oh Gott, oh Gott.« Und dann, als wäre der Einfall völlig neu und spontan, drehte sie sich zu uns um und sagte: »Kinder, ihr müsst in der Nachbarschaft herumfragen. Wenn die hören, dass es für mich ist, geben sie gerne ihre Stühle her.«

Es war immer das Gleiche. Wir, also Anna und ich, durften uns bei den Nachbarn zum Narren machen. »Entschuldigen Sie, wir sind die Enkeltöchter von Frau Mattis aus 25 a. Sie bittet Sie, ihr für eine Familienfeier ein paar Stühle zu leihen, wenn es möglich ist.« Peinlich! Zuerst war ich ganz froh, mal zur Abwechslung wieder draußen zu sein. Ich hopste sogar übermütig auf einem Bein von Haus zu Haus.

»Scheint dir ja Spaß zu machen«, knurrte Anna. »Vielleicht solltest du ohne mich weitergehen.«

»Kommt gar nicht infrage«, sagte ich gut gelaunt und sah auf meine Liste. Diese Müllers gleich nebenan wollten vier Stühle rausrücken. Petermanns auch, und der dicke Mann mit Glatze würde sechs Gartenstühle vorbeibringen. Ellerbergs hatten nur Biertische und -bänke, und die Leute aus dem blauen Haus an der Ecke nur

Philippe-Starck-Designer-Stühle, die sie prinzipiell nicht verliehen. Wir brauchten also noch mindestens fünfzehn Stühle. Und jetzt hatten wir wirklich Pech. In Nummer 11 bis 7 machte uns keiner auf, bei Nummer 5 nur ein kleiner Junge, der zwar sofort alle Stühle herausgeben wollte, aber allein zu Haus war. Die geraden Hausnummern gegenüber befanden sich erst im Rohbau und waren noch unbewohnt. Nummer 11 bis 7 waren stuhlreiche Familien, hier waren wir bisher immer fündig geworden, so aber mussten wir weiter in Galaxien vordringen, die nie ein Stühlesammler zuvor gesehen hatte.

Die Leute in Nummer 3 waren nett, sie kannten Oma zwar überhaupt nicht, erklärten sich aber spontan bereit, sieben ihrer Stühle dort vorbeizubringen.

»Fehlen immer noch acht«, sagte Anna. »Ich hasse diesen Job. Wahrscheinlich müssen wir heute noch sämtliche Querstraßen abklappern.«

Ich hopste fröhlich weiter, nicht ahnend, dass mir das Hopsen bald gründlich vergehen würde. Anna drückte die Klinke des Gartentörchens zu Nummer 1 herab, und ich meinte zuversichtlich: »Hier gibt es bestimmt alle acht auf einmal. Lass mich nur machen.«

Die Tür öffnete sich.

»Guten Tag. Wir sind die Enkelinnen von Frau Mattis aus Nummer 25 a. Wir ...« Jetzt erst sah ich, mit wem ich da sprach. Vor mir stand tatsächlich und ungelogen

Konstantin, Konstantin Drücker! Er starrte mich ziemlich verblüfft an. Ich starrte genauso verblüfft zurück. Ach, du Scheiße!

Wahrscheinlich hielt er mich spätestens jetzt für komplett bescheuert. Da stand ich einfach so vor seiner Tür und bettelte um Stühle für meine Oma! Oh, wie schrecklich! Wie fürchterlich! Wie unbeschreiblich peinlich! Ich war keines Wortes mehr fähig.

»Hmpf«, machte ich und fiel leider nicht tot um.

»Unsere Oma braucht ein paar Stühle für eine Familienfeier, ihre eigenen reichen nicht, und da wollten wir fragen, ob ihr uns vielleicht ein paar leihen könnt«, sagte Anna neben mir. »Sind deine Eltern zu Haus?«

Mein Gehirn hatte eine Art Schutzwall um mich errichtet. Ich führte das auf den Schock nach erlittener Peinlichkeit dritten Grades zurück. Ich nahm meine Umgebung nur noch wie durch einen Glaskasten wahr, den man mir über den Kopf gestülpt hatte. Ich sah, dass Konstantin wortlos verschwand und wenig später eine Frau erschien, vermutlich seine Mutter. Sie war sehr freundlich und versprach Anna, dass ihre beiden Söhne sogleich acht Esszimmerstühle vorbeibringen würden. Ich in meinem Glaskasten beschloss, mich für den Rest des Tages auf Omas Klo einzuschließen. Und damit jede weitere Begegnung mit Konstantin auszuschließen.

»Wiedersehen«, sagte die Frau freundlich, und ich

machte den Mund auf, um mich zu verabschieden. Stattdessen kam wieder nur ein »Hmpf« aus mir heraus. Am liebsten wäre ich auf der Stelle in ein anderes Sonnensystem gezogen.
»Komm schon«, zischte Anna und zog mich mit sich. »Was hast du denn?«
»Das war Konstantin Drücker!«, flüsterte ich.
»Dein Nachhilfelehrer? Na, der besticht aber nicht gerade durch Charme und Sex-Appeal«, sagte Anna. »Bist du sicher, dass er nicht taubstumm ist? Einen seltsamen Geschmack hast du.«
Aber ich hörte sie kaum.

Ein Gutes hatte mein traumatisches Erlebnis immerhin: Ich nahm die Familienfeier auch nur durch diesen imaginären übergestülpten Glaskasten wahr, alle Geräusche, das Stimmengewirr und vor allem Tante Julias durchdringendes Lachen konnten mich nur durch einen angenehm dämpfenden Filter erreichen. Ich war wie in einer anderen, einer eigenen Welt. Ich saß auf einem der Esszimmerstühle aus Nummer 1, die Konstantin und Simon vorbeigebracht hatten – Anna hatte ihnen die Tür öffnen müssen, ich hatte mich, wie beschlossen, auf dem Klo in Sicherheit gebracht. Ich schwieg und ernährte mich allein von der Hoffnung, dass dies der Stuhl sei, auf dem Konstantin sonst immer saß. Konstantin, der jetzt Gott weiß was von mir dachte.

Erst am Abend, als man von Kaffee und Kuchen unvermittelt zu Gulaschsuppe, Brot und Salaten übergegangen war, löste sich mein Glaskasten sanft in nichts auf. Sofort schrillte Tante Julias Gelächter an mein Ohr und ich wusste, ich war wieder zu den Lebenden zurückgekehrt.

Gemeinsam mit Anna und Jörg-Thomas flüchtete ich in den Garten. Wir wollten Jörg-Thomas' Labormäuse, denen er seinen Doktortitel zu verdanken hatte, in die Freiheit entlassen. Natürlich hatten die Mäuse die Doktorarbeit nicht für J geschrieben, aber er hatte ihnen Spritzen verpasst und so was, und dafür hatte er eben seinen Doktortitel bekommen. Sie waren weiß und putzmunter, trotz der mysteriösen Dinge, die Jörg-Thomas mit ihnen angestellt hatte.

Etwas wehmütig öffnete er den Käfig.

»Lebt wohl, ihr kleinen Mäuschen«, sagte er und verabschiedete jede einzelne namentlich. Fritz, Willi, Kunigunde. Eine hieß sogar Anna. Die Mäuse schnupperten am Ausgang herum, dann verließ eine nach der anderen ihr Gefängnis und verschwand in der Hecke. Jörg-Thomas wischte sich eine Träne aus den Augenwinkeln.

»Wenigstens ihre letzten Lebensmonate werden sie in Freiheit verbringen.«

Leider hatte er unrecht. Keine zehn Minuten später kam

Omas Kater Wanja angesprungen und legte eine weiße Maus auf die Fußmatte vor der Terrassentür. Sie war mausetot.

»Oh, das ist Elfriede«, rief Jörg-Thomas und fügte etwas gedämpfter hinzu: »Glaube ich jedenfalls.«

Kater Wanja war schon wieder auf dem Weg zur Hecke. Er hatte offenbar ein Faible für weiße Mäuse entwickelt. Jörg-Thomas und ich folgten ihm schreiend und in die Hände klatschend durch den Garten. Es gelang uns schließlich, den Kater einzufangen und in Omas Gästezimmer zu sperren, in welches Onkel Peter sich geschlichen hatte, um heimlich die Sportschau zu gucken.

Wir legten Wanja Onkel Peter auf den Schoß und schärften ihm ein, ihn ja nicht loszulassen. Wenn er in ein paar Stunden wieder in den Garten durfte, würden die Mäuse sich sicher verkrümelt haben.

Jörg-Thomas begrub die tote Elfriede unter Omas Flieder und erging sich in Selbstvorwürfen.

»Alle Mäuse leben gefährlich«, versuchte ich ihn zu trösten. »Das ist eben der Preis der Freiheit.« Manchmal finde ich einfach irrsinnig passende Worte. Und so bedeutende!

»Meinst du wirklich?« Jörg-Thomas sah schon weniger bekümmert aus.

»Ja, ganz bestimmt«, sagte ich, und da waren wir uns für einen Moment so nah, wie ich es nie für möglich gehalten hatte. Wer weiß, wann ich in nächster Zeit wieder mit einem männlichen Wesen allein sein würde? Ich musste die Gelegenheit einfach beim Schopf packen.

»Mal was ganz anderes, Jörg-Thomas. Ich habe da ein ... ähm ... biologisches Problem und bräuchte deine Hilfe.«

Jörg-Thomas sah mich voller Erwartung an. »Jederzeit«, sagte er. »Worum geht es?«

»Tja, auch wenn du es vielleicht nicht glaubst, aber ich habe noch nie ... mit Zunge geküsst. Und es ist wirklich wichtig, dass ich das kann. Wärst du also so nett, es mir kurz mal zu zeigen?«

»Äh«, machte Jörg-Thomas.

»Nur ganz kurz«, sagte ich, machte die Augen zu, spitzte die Lippen und wartete. Es geschah aber nichts und da machte ich die Augen wieder auf.

»Willst du nicht oder kannst du nicht?«, fragte ich.

»Na, weißt du, ich fühle mich wirklich sehr geschmeichelt, aber ich bin doch nun mal der Freund deiner Schwester«, sagte Jörg-Thomas. »Und ... äh ... die würde es sicher nicht so gerne sehen, dass ich eine andere küsse.«

»Aber es wäre doch nur ... ein Akt reiner Nächstenliebe«, versicherte ich ihm. »Was rein Biologisches. Ich bin sicher, Anna hätte dafür Verständnis.« Außerdem musst du es ihr ja nicht gleich auf die Nase binden, du Idiot.

»Weißt du, Sissi, ein Kuss ist niemals nur etwas Biologisches«, sagte Jörg-Thomas ernst. »Es ist wichtig, dass du es gerade beim ersten Mal mit jemanden tust, den du liebst und der dich liebt.«

Ja, aber das war doch gerade das Problem! Verdammt. Solange ich es nicht getan hatte, würde ich es auch niemals mit Konstantin tun können. War das denn so schwer zu verstehen? Aber ich sah schon, mit Jörg-Thomas würde das im Leben nicht hinhauen, er war einfach nicht verwegen und spontan genug. Er passte ganz hervorragend zu meiner superspießigen, langweiligen, braven Schwester.

»Immerhin danke, dass du darüber nachgedacht hast«, sagte ich.

Rechtzeitig für die Klassenfahrt nach Berlin hob Mama den Stubenarrest auf. Ich war wieder frei.

»Aber nur auf Bewährung«, sagte Mama. »Eine einzige Dummheit, und du kommst hier erst wieder zu deiner Pensionierung heraus.«

Es war gar nicht einfach, den Dummheiten aus dem Weg zu gehen. Dabei hatte ich es wirklich vor. Aber schon auf der Zugfahrt fingen sie an, mich einzuholen. Das Gürteltier und der Alke fuhren mit uns nach Berlin und natürlich wollte niemand freiwillig mit Alke in ein Abteil. Also hatte das Gürteltier uns die reservierten Plätze per Los zugeteilt.

Wie es das Schicksal wollte, kam ich mit Meinrad, dem Nebelding, Kati, Jakob und dem Gürteltier höchstpersönlich in ein Abteil. Zuerst war es ganz lustig. Das Gürteltier war gut gelaunt und erzählte uns Streiche aus ihrer Schulzeit. Einmal hatte das Gürteltier die Schafe ihres bösen Nachbarn blau angestrichen und ein anderes Mal hatte es dem Nachbarn eine Kartoffel in den Auspuff gesteckt. Das Auto war explodiert.
Ich war natürlich nicht so naiv wie Meinrad, der das alles für bare Münze nahm und fortwährend »Boah!« sagte, aber selbst wenn die Hälfte davon erfunden war, konnte man doch wohl mit Fug und Recht behaupten, dass die Jugend von damals viel, viel schlimmer war als wir heute.
»Aber ich habe niemals einen Mitschüler durch eine Wand geschubst«, sagte das Gürteltier.
»In Ihrer Schule waren die Wände auch sicher noch aus Stein«, sagte ich, und da lachte das Gürteltier.
Als es später für ein paar Minuten verschwand, um in den anderen Abteilen nach dem Rechten zu sehen, holte Meinrad einen kleinen Plastikbeutel mit grünen Krümeln aus seinem Rucksack.
»Schaut mal, was ich hier habe«, sagte er. »Echter Blauer Dalmatiner.«
»Krümel vom Hund?«, fragte Jakob verdutzt.
»Nein«, sagte Meinrad, wirkte aber vorübergehend verunsichert. »Ich meine, Gelber Irish Setter, nein, Grüner Afghane.«

»Hasch?«, rief Jakob aus. Ich hatte nicht gewusst, dass man dem Zeug bunte Hundenamen gab, aber Jakob wusste immer alles.

»Yeah, Baby«, sagte Meinrad.

»Bist du irre?«, sagte Jakob, aber das Nebelding beugte sich interessiert vor.

»Ist das wirklich echtes Marihuana?«, fragte sie. »Mensch, das muss ja ein Vermögen gekostet haben.«

»Nö«, sagte Meinrad und strahlte. »Ich habe da so meine Quellen. Ich habe nämlich eine Kusine, die ist total cool, die baut das Zeug selber an. Voll biologisch-dynamisch. Ich hab sie angehauen, ob sie mir nicht ein paar Gramm geben könnte, und da hat sie mir doch tatsächlich dieses Tütchen hier geschenkt.«

»Das ist doch nicht zu fassen«, sagte Jakob. »Deswegen kannst du nach Hause geschickt werden. Oder gleich von der Schule fliegen.«

»Reg dich nicht auf«, sagte Meinrad. »Wir werden uns einfach nicht erwischen lassen, okay?«

»*Wir*?«, fragte ich. Hallo, Dummheit, ich komme!

»Na klar – ich gebe euch allen was davon ab«, sagte Meinrad. »Das wird die allercoolste Klassenfahrt überhaupt.«

»Ja«, freute sich das Nebelding. »Wo wir ja schon keine Alkopops mitnehmen durften.«

»Aber wie raucht man das denn?«, fragte Kati und musterte die Krümel misstrauisch.

»Na, mit einer Zigarette natürlich, du Dummerchen«, sagte Meinrad. »Man dreht die Krümel einfach mit dem Tabak in das Papier ein. Oh, jetzt sag bloß, du hast dir noch nie 'ne Zigarette gedreht, Kati!«

Kati schüttelte den Kopf. Natürlich hatte sie sich noch nie eine Zigarette gedreht. Warum sollte sie auch? Sie rauchte ja gar nicht.

Rauchen war überhaupt saudoof.

Das Gürteltier näherte sich auf dem Gang. »Das bleibt unter uns«, zischte Meinrad. »Nur wir fünf sind die Bewahrer des Geheimnisses, ist das klar?«

Wir schworen, kein Wort über den Grünen Afghanen zu verraten.

Das Gürteltier schob die Tür zum Abteil auf, und wir tauschten verschwörerische Blicke. Wenn das arme Gürteltier wüsste, was sich in Meinrads Tasche befand, dann wäre die Hölle los. Aber es schöpfte keinen Verdacht, verzehrte in Ruhe sein Salamibrot und verbreitete weiter gute Laune.

»Sobald wir in der Jugendherberge sind, geht es los«, sagte Meinrad, als das Gürteltier nach einer Stunde wieder verschwand. »Wir warten, bis die Lehrer pennen, dann drehen wir uns den Joint und feiern eine Party.«

»Nur wir fünf«, sagte das Nebelding.

»Nur wir fünf«, sagte Meinrad.

Wir anderen sagten nichts.

In diesem Augenblick kam Alyssa zur Tür herein und ließ sich auf den freien Platz fallen.

»Oh Mann!«, stöhnte sie. »Ich sitze in einem Abteil mit Simon und dem Alke. Da stinkt es vielleicht, sag ich euch.«

»Jedem, was er verdient«, sagte ich.

»Und, was macht ihr so?«, fragte Alyssa.

»Gar nichts«, sagten wir schnell. Wir können schließlich ein Geheimnis bewahren.

Aber Meinrad, der alte Verräter, hatte nichts Besseres zu tun, als sein Plastiktütchen wieder hervorzukramen und es Alyssa unter die Nase zu halten.

»*Wir* haben hier echt Spaß«, sagte er großkotzig.

»Was soll denn das sein?«, fragte Alyssa.

»Na, du wirst doch wohl einen Blauen Pudel erkennen, wenn du ihn vor dir hast«, sagte Meinrad.

»Einen was?«

»Hasch«, sagte Jakob.

»Feinstes Marihuana aus biologisch-dynamischem Anbau«, ergänzte das Nebelding.

»Tja«, sagte Alyssa. »Dann hoffe ich für euch, dass ihr auch alle auf Lunge rauchen könnt. Aber ich wette, von euch hatte noch niemand eine Zigarette in der Hand.«

»Stimmt«, sagte Jakob, aber Kati sagte: »Natürlich können wir alle auf Lunge rauchen, das kann doch jedes Kleinkind.«

Ich dachte auch, dass das wohl nicht allzu schwer sein dürfte. Nur musste man hinterher vermutlich husten.

»Ich rauche nicht«, sagte Jakob kategorisch.

»Och, der Kleine hat wohl Angst«, sagte Alyssa in affektierter Babystimme.

»Habe ich nicht«, sagte Jakob und sah aus dem Fenster.

»Also, du bist dabei, Alyssa, oder?«, fragte Meinrad.

»Na klar«, sagte Alyssa.

»Aber sag's keinem weiter«, sagte Meinrad.

»Sag's lieber selber keinem weiter«, fauchte Kati ihn an.

Ich fand auch, ohne Alyssa hätte es mehr Spaß gemacht.

❤ ❤ ❤

Das Jugendhotel, in dem wir abstiegen, lag direkt am Wannsee, Ewigkeiten von der Innenstadt entfernt, aber dafür sehr idyllisch gelegen. Es gab Viererzimmer, jeweils zwei davon mit einem Bad verbunden, richtig luxuriös für eine Jugendherberge. Leni, Kati, Valerie und ich schliefen natürlich in einem Zimmer, aber da Leni ja neuerdings die beste Freundin von Alyssa war, hatte sie darauf bestanden, dass auch Alyssa bei uns im Zimmer schlief. Und das tat sie auch, auf einer eigens für sie organisierten Matratze auf dem Fußboden.

»Ach, du liebe Güte«, sagte sie. »Wem gehört denn dieser abgenudelte Winnie-Puh?«

»Äh«, sagte Kati, die ohne ihren abgenudelten Winnie-Puh nicht schlafen konnte. »Welchen meinst du denn?«

Leni versteckte schnell ihre Plüscheule unter dem Kopfkissen, aber Alyssa hatte sie schon gesehen.

»Oh, mein Gott«, sagte sie. »Ihr habt echt noch Kuscheltiere, oder?«

Na und? Ich nahm meinen guten alten Frotteefrosch demonstrativ in die Arme. Er hieß Pocke, und ich würde ihn ganz sicher auch noch mit ins Bett nehmen, wenn ich zwanzig war.

»Was nimmst du denn mit ins Bett, Alyssa? Lockenwickler?«, fragte ich.

»Nee«, sagte Alyssa. »Bei mir ist alles Natur.«

Dafür trug sie aber ein saublödes Nachthemd mit der Aufschrift *Kiss the day goodbye.*

Wir Mädchen wohnten im ersten Stock, die Jungs im zweiten. Es gab keine Probleme, hinauf- oder herunterzukommen, keinen Stacheldraht, keine Alarmanlagen, gar nichts. Aber der Alke und das Gürteltier hatten Besuche aus dem ersten in den zweiten Stock und umgekehrt nach elf Uhr abends strengstens untersagt. Dabei wurde es doch dann erst so richtig interessant. Ich weiß auch nicht, warum man auf Klassenfahrten überhaupt keinen Schlaf braucht, aber es ist nun mal so. Ein Naturgesetz, schätze ich. Die Einzigen, die müde werden, sind die Lehrer. Man muss nur lange genug warten.

Und das taten wir. Im Dunkeln erzählten wir uns Geschichten, das heißt, eigentlich erzählte Alyssa die ganze Zeit. Davon, wie cool es in Amerika war. Und wie toll sie selber war.

»Ich kotze gleich auf dein Kissen«, flüsterte Kati mir zu, die sich mit in mein Bett gequetscht hatte.

»Ja, wenn ich nicht so aufgeregt wäre, würde ich glatt einschlafen«, flüsterte ich zurück.

Endlich war es so weit. Um Viertel vor eins schlichen wir fünf Mädchen uns leise wie die Mäuse an Gürteltiers Einzelzimmer vorbei die Treppe hinauf. An Meinrads Zimmertür klopften wir das verabredete Zeichen an die Tür: kurz, kurz, kurz, lang. Meinrad machte auf und zog uns in den Raum.

Wir waren natürlich nicht die Einzigen. Meinrad hatte der halben Klasse sein Tütchen gezeigt. Ich zählte vierzehn Personen, sogar Simon war da.

»Du bist ja ein supertoller Geheimnisbewahrer«, sagte Kati zu Meinrad.

»Ach, es ist doch genug für alle da«, sagte Meinrad.

»Allerdings«, sagte Jakob. »Das reicht, um eine ganze Kleinstadt high zu machen.«

»Yeah«, sagte Meinrad. »Das ziehen wir uns jetzt rein. Das wird der Jahrtausendrausch. Die volle Dröhnung.«

»Ich denke, alle, die noch nicht auf Lunge geraucht haben, sollten das erst mal an einer normalen Zigarette üben«, sagte Alyssa und zauberte ein Päckchen Marlboro light aus der Tasche ihres doofen Nachthemds.

»Sonst kippen die uns nachher alle um.« Sie zündete eine Marlboro mit Meinrads Feuerzeug an und nahm einen tiefen Zug. Dann reichte sie die Zigarette an Simon weiter. »Hier, zeig mal, was du kannst.«
Simon nahm die Zigarette und zog einmal daran.
»Das richtige Ende, aber ansonsten völlig falsch«, sagte Alyssa. »Was du tust, nennt man paffen. Der Rauch kommt nur bis in die Mundhöhle. Versuch's noch mal.«
Simon versuchte es noch mal, und diesmal musste er husten.
»So ist es richtig«, sagte Alyssa. »Und jetzt du, Sissi.«
Mir kratzte der Hals schon vom bloßen Zuschauen wie verrückt. Ich nahm die Zigarette und beäugte sie misstrauisch.
»Also, das ist eigentlich gar nicht meine Marke«, sagte ich.
»Angst?«, fragte Alyssa hämisch.
»Nee«, antwortete Jakob an meiner Stelle. »Aber wir rauchen prinzipiell nicht.«
»Dann könnt ihr auch kein Hasch rauchen«, sagte Alyssa. »Ich bin dafür, dass alle, die nicht auf Lunge rauchen können, jetzt den Raum verlassen. Es ist sowieso viel zu eng hier.«
»Ach was«, sagte Meinrad. »Wer nicht will, kann eben zugucken.« Er hatte mehr recht als schlecht seine Krümel zusammen mit etwas Tabak in Zigarettenpapier ge-

rollt und daraus eine krumme hässliche Zigarette hergestellt. »Voilà, unser erster Joint! Wer will der Erste sein?«
»Du«, sagte Kati.
»Also gut«, sagte Meinrad, schloss die Augen und sog so fest er konnte an der Zigarette. Er hustete nur ein kleines bisschen und seine Augen tränten.
»Und?«, riefen wir alle gespannt.
»Wow!«, sagte Meinrad. »Wow. Ich bin ... Mann, ich bin echt in anderen Sphären.«
»Jetzt ich«, sagte Alyssa. Aber genau in diesem Augenblick klopfte es an die Tür. Klugerweise hatten wir die Tür abgeschlossen.
»Scheiße, Scheiße«, rief Meinrad.
»Nein, nein, Alke, Alke«, sagte der Alke draußen vor der Tür. »Es ist Nachtruhe, haben Sie das vergessen?«
»Nein, Herr Alke«, sagte Meinrad. »Gute Nacht.«
»Machen Sie die Tür auf, Meinrad«, sagte der Alke.
»Aber ich liege doch im Bett«, sagte Meinrad.
»Aufmachen«, sagte Alke. »Ich zähle bis zehn ... Eins ...«
»Alle, die nicht in dieses Zimmer gehören, ab mit den Zigaretten ins Bad!«, befahl Meinrad und drückte mir den Joint in die Hand. »Schmeiß das ins Klo!«
Wir quetschten uns zu zehnt in das Badezimmer und machten die Tür zu. Ich stand mit Jakob in der Dusche. Es war in dem Gedränge gar nicht so einfach, Alyssas Zigaretten, das Zigarettenpapier, den Tabak und den Joint ins Klo zu werfen, aber wir schafften es. Allerdings

konnten wir nicht abziehen, weil Alke jetzt nebenan im Zimmer war und wir Angst hatten, dass er die Klospülung hören könnte.

»Was ist denn hier los?«, hörten wir Alke fragen.

»Nichts«, sagte der beschränkte Lakowski. Und weil er echt beschränkt war, setzte er hinzu: »Wir sind ganz allein hier, ehrlich.«

»Das sehe ich«, sagte der Alke. »Aber es riecht nach Rauch. Sogar bis draußen in den Flur.«

Tssss! Das war ja wieder mal typisch. Seinen eigenen Mundgeruch konnte der gute Mann nicht riechen, aber eine einzige Zigarette vier Zimmer weiter, die erschnüffelte er.

Ich fühlte Jakobs Atem in meinem Nacken und musste kichern.

»Pssst«, sagte Jakob und hielt mir den Mund zu.

»Aber wir haben nicht geraucht«, sagte Meinrad nebenan. »Das muss von woanders herkommen.«

»Lieber Meinrad, versuchen Sie nicht, mich für dumm zu verkaufen«, sagte Alke. »Ich habe eine feine Nase, und ich rieche Tabak.«

»Das ist aber kein Tabak, den Sie da riechen«, sagte der beschränkte Lakowski. »Das ist . . .«

»Schnauze, Robert«, sagte Meinrad. »Okay, wir haben eine klitzekleine Zigarette geraucht, der Robert und ich. Entschuldigen Sie bitte, Herr Alke. Das wird nicht wieder vorkommen.«

Der Alke wanderte offenbar im Zimmer herum. Dann sagte er: »Oh, was haben wir denn da?«

Wir im Bad hielten alle den Atem an. Was hatte Alke gefunden?

»Nichts!«, rief Meinrad. »Nichts! Nichts! Nichts!«

»Was ist denn in dieser Tüte?« Oh nein! Alke hatte den Grünen Afghanen aufgestöbert. Wir würden alle von der Schule fliegen.

»Ich war's nicht!«, rief der beschränkte Robert. »Ich hab nichts damit zu tun.«

»Oh, bitte«, hörten wir Meinrad mit weinerlicher Stimme sagen, »das ist nicht, wonach es aussieht.«

Wieso war ich nicht einfach in unserem Zimmer geblieben? Jetzt saß ich mit den anderen in der Patsche, aber bei mir würde es sicher noch viel mehr Ärger geben als bei den anderen. Ich war schließlich vorbestraft.

»Und wonach sieht es aus?«, fragte der Alke.

»Gelber Pekinese?«, sagte Meinrad, und jetzt heulte er, das konnte man deutlich hören.

»Eher nicht«, sagte der Alke. »Das sieht genauso aus wie getrockneter Thymian.« Wir hörten die Plastiktüte knistern. »Das *ist* auch getrockneter Thymian.«

»Wie bitte?«, fragte Meinrad.

»Thymian«, wiederholte Alke und kicherte. »Eines meiner Lieblingsgewürze. Nehmen Sie immer Ihre eigenen Gewürze mit auf Reisen?«

»Äh ... nee«, sagte Meinrad. »Nur ... ähm ... Thymian.«

»Aha«, sagte der Alke. »Na gut, jedem Tierchen sein Pläsierchen. Schlafen Sie jetzt. Ich möchte wirklich nichts mehr hören heute Nacht. Und sagen Sie den Mädchen nebenan im Bad, sie sollen schleunigst in ihre Zimmer gehen.«

Immer noch kichernd verließ er das Zimmer, und obwohl ich ihn nicht sehen konnte, konnte ich mir genau vorstellen, was für ein Gesicht er dabei machte.

Meinrad machte die Badezimmertür auf.

»Das war knapp«, sagte er. »Gott sei Dank hat der Alke gedacht, das Zeug sei Thymian.«

»Du Blödmann«, sagte Jakob, riss ihm die Tüte aus der Hand und roch daran. »Das ist wirklich Thymian! Deine Kusine hat dich voll verarscht.«

»Oh«, machte Meinrad, fasste sich aber schnell. »Na ja, macht nichts. Wir haben ja immer noch unseren Tabak, das Zigarettenpapier und Alyssas Marlboros. Damit können wir immer noch eine Superparty steigen lassen.«

»Ja, wenn du es dir aus dem Klo fischst«, sagte ich und schob mich an Meinrad vorbei zur Tür. »Ich gehe jetzt jedenfalls ins Bett, bevor der Alke noch mal wiederkommt.«

»Ich auch«, sagte Kati.

»Ich auch«, sagte Leni und gähnte.

Alyssa zuckte mit den Schultern. »Da kann man nichts machen«, sagte sie zu Meinrad. »Die sind halt noch nicht so weit.«

»Was mich betrifft, werde ich wohl niemals so weit sein«, sagte Jakob. »Aber wenn du noch mal so tollen Thymian besorgen kannst, Meinrad, streuen wir das Zeug einfach auf eine Pizza und werden davon ganz high, ja?«
Plötzlich fand ich das Ganze unheimlich komisch. Ich meine, das war es ja eigentlich auch, oder? Ich fing an zu lachen, und da lachten die anderen mit. Wir lachten und lachten, bis Alkes Stimme vom Flur ertönte.
»Ich sagte, die Mädchen sollen schleunigst in ihre Zimmer gehen«, sagte er. Und das taten wir dann auch.

ACHT

Da der Grüne Afghane sich als stinknormaler Thymian entpuppt hatte, mussten wir uns auf dieser Klassenfahrt anderen Dingen zuwenden, und ehrlich gesagt war ich heilfroh darüber. Tagsüber sorgten der Alke und das Gürteltier für jede Menge Action, das meiste davon hatte was mit Kultur zu tun und war in der Regel eher langweilig. Einmal gingen wir mit ihnen auch in eine Disco, aber was Blöderes, als mit Lehrern in eine Disco zu gehen, gibt es wohl kaum. Ab und zu ließen sie uns in kleineren Gruppen durch die Stadt ziehen und machen, was wir wollten.
Wir fuhren endlos lange mit der U-Bahn, spazierten den Ku'damm auf und ab und verbrachten Stunden im KaDeWe, dem berühmten Kaufhaus des Westens, und hier ganz besonders in der Delikatessenabteilung. Wir waren wirklich beeindruckt, alle bis auf Alyssa. Die sagte, in Amerika gäbe es viel, viel größere und bessere Kaufhäuser als das KaDeWe.
»Leg doch mal eine andere Platte auf«, sagte ich. Allmählich wurde es echt langweilig, dass in Amerika immer alles besser war als bei uns.

In den Fotoautomaten ließen wir uns ablichten, weil das einen Heidenspaß machte, wenn man sich zu sechst in den Automaten quetschte. Die Fotos waren unheimlich komisch.

Das alles und unsere Spaziergänge über diverse Flohmärkte hätte noch mehr Spaß gemacht, wenn nicht immer und überall Alyssa dabei gewesen wäre, eine gelangweilte Schnute gezogen und an allem rumgenörgelt hätte. Sie war so eine furchtbare Spaßverderberin. Eigentlich hatte sie immer alles schon mal gemacht, und in Amerika war sowieso alles besser. Selbst Leni fing an, ein wenig genervt auszusehen.

Am dritten Tag, in der U-Bahn, sagte Alyssa dann aus heiterem Himmel: »Ach übrigens, hatte ich euch schon erzählt, dass ich jetzt mit Konstantin Drücker zusammen bin?«

Das fühlte sich ungefähr so an, als hätte sie mir einen Dolch ins Herz gerammt. Ich röchelte bloß.

»Jedenfalls so gut wie«, sagte Alyssa. »Letzten Freitag waren wir zusammen in der Eisdiele, und da hat er mich geküsst. Mit Zunge.«

Damit hatte sie den Dolch gepackt und in meinem Herzen einmal herumgedreht. Irgendwie spürte ich nämlich, dass sie die Wahrheit sagte, auch wenn sie es sonst damit nicht so genau nahm.

»Bist du jetzt sehr traurig?«, fragte sie mich.

»Ich? Wieso?«, fragte ich.

»Na, weil du doch hoffnungslos in Konstantin verknallt bist«, sagte Alyssa.
»Wie kommst du denn da drauf?«, fragte ich.
»Leni hat es mir gesagt«, sagte Alyssa.
Leni wurde knallrot. Kati und Valerie funkelten sie wütend an. Ich tat so, als merkte ich nichts davon.
»Außerdem sieht das ja ein Blinder mit Krückstock«, sagte Alyssa. »Meinst du, Konstantin hat das nicht gemerkt?«
»Was denn?«
»Na, dass du hinter ihm her bist«, sagte Alyssa. »Aber ... sorry, du bist wohl nicht sein Typ.«
Ich war am Boden zerstört. Trotzdem lächelte ich gleichgültig. Das wäre ja noch schöner, wenn ich vor Alyssa in Tränen ausbrechen würde. Obwohl sie es offensichtlich darauf abgesehen hatte.
»Außerdem bist du eine Niete in Mathe und noch das totale Baby«, fuhr sie fort. »Na ja, vielleicht sammelst du einfach ein bisschen Erfahrung und versuchst es noch mal bei ihm. Ich habe nichts dagegen: Konkurrenz belebt das Geschäft.«
Ich musste einmal schlucken, bevor ich antworten konnte. »Ach, weißt du, Alyssa«, sagte ich. »Irgendwie bin ich so überhaupt nicht an Typen interessiert, die jemanden wie dich toll finden.«
»Genau«, sagte Kati. Später, als Alyssa nicht zuhörte, streichelte sie meine Hand: »Das hast du ganz richtig ge-

macht, Sissi. Soll sie doch glauben, dass du an dem Typ kein Interesse mehr hast. In der Zwischenzeit denken wir uns einfach etwas aus, damit du ihn ihr wieder ausspannen kannst.«

»Ach, ich weiß nicht«, sagte ich. »Vielleicht will ich ihn ja wirklich nicht mehr.«

»Aber du kannst ihn unmöglich diesem Biest überlassen«, sagte Kati. »Die schmeißt sich doch sowieso allen Jungs an den Hals. Sogar Robert.« Kati war seit Neuestem in den beschränkten Robert Lakowski verknallt, weiß der Himmel, warum. Ich vermutete, dass es was damit zu tun hatte, dass Robert neulich gesagt hatte, seine Lieblingsfarbe sei Lila. Hm, hm, an Kati waren jedenfalls immer noch ziemlich viele Teile lila.

Es stimmte, dass Alyssa sich Robert an den Hals warf. Sie langweilte sich offenbar, denn Robert war nicht der Einzige, den sie bezirzte. Auch Meinrad und Jakob wurden ständig von ihr belagert.

Natürlich waren Kati und Valerie davon alles andere als begeistert. Nur Leni ließen Alyssas Machenschaften unberührt, denn sie schwärmte weiterhin für Bill Kaulitz, und den konnte ihr nicht mal Alyssa streitig machen.

Valerie wuchsen vor unterdrückter Wut gleich ganze Pickelkolonien. »Ich kann sie gar nicht mehr einzeln taufen«, sagte sie. »Es sind eher ganze Völkergruppen. Diese hier sind die Hunnen, am Kinn siedeln die Germanen, und auf der Stirn die Franken.«

»Da tut sie so, als wäre sie unsere Freundin«, sagte Kati. »Aber in Wirklichkeit schnappt sie sich nur unsere Typen. Ich glaube, sie denkt, das ist eine Art Sport. Ich bin sicher, wenn ich in Simon verliebt wäre, würde Alyssa den auch noch anmachen.«

Aber in Simon war niemand verliebt, obwohl das meiner Meinung nach auch nicht abwegiger gewesen wäre, als sich in den beschränkten Robert zu vergucken. Als wir am letzten Abend im Gruppenraum eine offizielle Klassenfete feierten – kussfrei und ohne Alkopops –, wollte niemand mit Simon tanzen. Dabei fragte er jedes Mädchen mit einer Hartnäckigkeit, die Mitleid erregen konnte. Jede hatte eine andere Ausrede: »Ich muss mal – ich wollte gerade mal aussetzen – ich habe mir den Fuß gebrochen . . .« Die Möglichkeiten waren vielfältig.

Natürlich war Simon nicht doof. Er hätte merken müssen, dass es sich nur um Ausreden handelte. Aber er ging weiter von Mädchen zu Mädchen und holte sich seine Körbe ab.

Alyssa tanzte abwechselnd mit Meinrad und Robert, aber weil sie so immer nur einen unter Kontrolle hatte, tanzte sie nach einer Weile mit allen beiden gleichzeitig. Kati und Valerie standen zähneknirschend am Rand und sahen ihnen zu. Später setzten sie sich in eine Ecke und steckten die Köpfe zusammen. Vermutlich schmiedeten sie ein Mordkomplott gegen Alyssa. Ich würde da nicht eingreifen.

Ein paarmal tanzte ich auch, mit Tim Bosbach und mit Jakob natürlich. Auch wenn ich den Verdacht hatte, dass Jakob nur mit mir tanzte, um Iris Winkler zu entgehen, die ihn vom Rand der Tanzfläche schmachtend ansah.

»Warum tanzt Alyssa denn gleich mit zwei Jungs?«, fragte Jakob.

»Weil sie eine Impfomanin ist«, sagte ich und lachte. »Nein, weil sie Kati und Valerie gleichzeitig eifersüchtig machen will.«

»Sie ist eine ganz schöne Nervensäge, finde ich«, sagte Jakob.

»Da bist du aber der einzige Junge«, sagte ich. »Alle anderen sind begeistert von ihr.«

»Ich wüsste nicht, warum«, sagte Jakob.

»Erstens, weil sie hübsch ist, und zweitens, weil sie über du-weißt-schon-was Bescheid weiß«, half ich ihm auf die Sprünge.

»Ach, die tut doch nur so«, sagte Jakob. »Und besonders hübsch finde ich sie auch nicht.«

»Aber sie hat so tolle dunkle Locken«, sagte ich.

»Ich mag lieber glänzende blonde Haare«, sagte Jakob. »Alyssa ist nicht mein Typ.«

»Das sagst du doch nur, weil du auch nicht ihr Typ bist«, sagte ich.

»Ph«, machte Jakob. »Ich glaube nicht, dass Alyssa besonders wählerisch ist, was ihren Typ angeht. Gestern hat sie mich jedenfalls ziemlich angemacht. Sie hat gesagt, ich wäre der süßeste Junge in der Klasse, und es würde ihr gut gefallen, dass ich so genau wüsste, was ich wolle.«

»Nein!«, sagte ich. »Das hat sie nicht gemacht.«

»Hat sie wohl«, sagte Jakob. »Sie wollte mit mir ins Kino gehen, wenn wir wieder zu Hause sind.«

»Also, das ist ja wirklich . . . und was hast du gesagt?«

»Ich habe gesagt, dass ich in ein anderes Mädchen verliebt sei und lieber mit der ins Kino gehen würde.«

»Oh«, sagte ich, und aus irgendeinem Grund fing mein Herz dabei an, schneller zu klopfen. Zufälligerweise habe ich auch glänzendes blondes Haar.

»Sollen wir eine Runde spazieren gehen?«, fragte Jakob. »Ich würde dir gerne etwas sagen.«

Jetzt klopfte mein Herz noch ein bisschen schneller. Oh nein! Ich ahnte, was Jakob mir sagen wollte. Und ich wollte nicht, dass er das tat. Wir waren doch die allerallerbesten Freunde, und dass er in mich verliebt war, machte gar nichts, solange er nicht darüber sprach. Aber wenn er es einmal ausgesprochen hatte, dann würde sich alles ändern. Dann würde ich ihm sagen müssen, dass ich leider nicht in ihn verliebt war, und dann war er sauer, und unsere Freundschaft war futsch.

Ich tat am besten so, als wüsste ich von nichts. »Wer ist es denn?«, fragte ich scheinheilig. »Vielleicht Iris?«

»Natürlich nicht«, sagte Jakob.

Wir schlenderten zum Seeufer. Es war schon stockdunkel, und man konnte nicht sehen, wo man hintrat. Jakob nahm meine Hand, was eigentlich ein gutes Gefühl war, und es war auch nicht das erste Mal, dass er das tat. Trotzdem war es heute irgendwie anders. Mein Herz klopfte immer noch ganz heftig. Die Wolke, die den Mond verdeckt hatte, schob sich ein Stück weiter, und auf einmal waren der See und das Ufer in bleiches Mondlicht getaucht. Jakob blieb stehen und schaute ernst zu mir herunter.

Dann neigte er plötzlich den Kopf zur Seite und küsste mich mitten auf den Mund. Ich war so überrascht, dass ich überhaupt nichts machte, nicht mal, als ich Jakobs Zunge spürte. Nicht lange, nur ganz kurz und ganz vorsichtig. Es war . . . ach, das kann man einfach nicht beschreiben, man muss es erlebt haben . . . Aber es war schön. Ich bekam dabei ein ganz wunderbares Gefühl, irgendwo in meinem Bauch, eins, das ich noch gar nicht kannte.

Aber plötzlich hörte Jakob auf.

»Da vorne steht jemand auf dem Steg«, sagte er.

»Hm?«, machte ich und merkte, dass ich meine Augen geschlossen hatte. Ups.

»Ja, da vorne«, sagte Jakob. »Es sieht aus, als ob er ins Wasser springen wollte. Hey, du da!«

»Kommt nicht näher!«, schrie die Gestalt auf dem Steg. Es war Simon. »Ich gehe ins Wasser.«

»Spinnst du?«, rief ich. »Das ist höchstens sieben Grad warm oder so.«

»Das kann mir nur recht sein«, sagte Simon. »Umso schneller ist es mit mir vorbei.«

Ungeachtet seiner Warnung waren wir mittlerweile auf dem Steg angelangt.

»Nicht näher kommen«, wiederholte Simon.

»Hey, Simon, was soll denn das?«, fragte Jakob.

»Das kann ich euch sagen. Ich habe es satt.«

»Was hast du satt?«

»Das Leben«, sagte Simon. »Mein Leben! Könnt ihr euch eigentlich vorstellen, wie ich mich fühle? Keiner mag mich. Keiner. Heute Abend habe ich die Probe aufs Exempel gemacht. Ich habe jedes Mädchen der Klasse gefragt, ob sie mit mir tanzen will. Keine einzige hat Ja gesagt. Keine einzige.«

Ich schwieg betroffen. Ich war diejenige, die gesagt hatte, ihr Fuß sei gebrochen. Aber ich hatte ja nicht ahnen können, dass Simon es so schwer nehmen würde.

»Ich springe jetzt«, sagte er.

»Das ist doch kompletter Blödsinn«, sagte Jakob hastig. »Es stimmt doch gar nicht, dass dich niemand leiden kann.«

»Ach nein? Und warum will dann in der Schule keiner neben mir sitzen? Warum machen immer alle Witze über mich und rümpfen die Nase, wenn ich komme? Warum will keiner mit mir tanzen? Könnt ihr mir das vielleicht erklären?«

»Ja«, sagte Jakob. »Dafür gibt es eine ganz einfache Erklärung.«

»Und die wäre?«

»Das sage ich erst, wenn du wieder mit uns reinkommst«, sagte Jakob. Ich konnte nicht anders, ich musste ihn für diesen Schachzug bewundern. Es funktionierte: Simon zögerte zwar noch, aber dann drehte er sich um und kam auf uns zu. Um seinen Hals hatte er sich einen dicken Flussstein gebunden. Ich konnte es nicht glauben!

Jakob packte ihn am Arm. »Mensch, du machst ja vielleicht bescheuerte Sachen. Wirf den Stein weg, Simon.«

»Ich mach's wieder«, sagte Simon. Immerhin ließ er sich von uns ins Haus führen. Wir ließen die Klassenfete sausen und setzten uns in eines der gemauerten Etagenrondelle. Dort führten wir mit Simon ein langes Gespräch über Körpergeruch, Pickelausdrücken während des Unterrichts und andere Eigenschaften, die es ausgesprochen schwer machten, Freundschaften zu schließen. Simon heulte am Ende.

»Wenn das doch alles wäre«, schluchzte er.

»Das *ist* alles«, beschwor ich ihn. »Sieh dir zum Beispiel mal den beschränkten Lakowski an. Der hat auch Pickel, aber er ist viel dämlicher als du. Niemand hat je einen vernünftigen Satz aus seinem Mund gehört. Aber trotzdem tanzen die Mädchen mit ihm.«

»Ja, das ist mir auch schon aufgefallen«, sagte Simon.

»Ich finde, er hat auch noch viel abstehendere Ohren als ich. Warum also tanzen sie mit ihm, aber nicht mit mir?«
»Weil der beschränkte Lakowski nicht stinkt«, sagte ich.
Simon war noch nicht ganz überzeugt. Er wollte lieber glauben, dass er sozusagen zum Außenseiter geboren worden war.
»Immer schon war ich anders als alle«, jammerte er. »Selbst meine Eltern finden nur meinen Bruder Konstantin toll.«
»Ach«, sagte Jakob. »Auf seine Eltern darf man wirklich nicht hören, Simon.«
»Aber Konstantin hat was, was ich nie haben werde. Alle Mädchen sind in ihn verknallt«, sagte Simon. »Du doch auch, Sissi.«
»Ach was«, sagte ich und hoffte, dass man nicht sehen konnte, dass ich rot wurde.
»Natürlich bist du in Konstantin verknallt«, sagte Simon mit der Feinfühligkeit eines Elefanten. »Deshalb hast du dich doch neben mich gesetzt und mich ständig über ihn ausgefragt.«
»Das stimmt nicht«, sagte ich.
»Doch«, sagte Simon. »Du und Alyssa, ihr habt mich beide nur ausgenutzt. Alyssa wollte genau wissen, was Konstantin mit seinen Freundinnen alles macht. Als ob ich denen dabei zugucken würde.«
Jakob sah mich an. Ich guckte auf den Boden. Irgendwie war mir das alles sehr peinlich.

»Simon«, sagte Jakob nach einer Weile. »Beliebt wird man nicht über Nacht. Aber wenn du unsere Ratschläge befolgst und nach ein paar Wochen immer noch keiner was mit dir zu tun haben will, dann verspreche ich dir, dich höchstpersönlich im Wannsee zu ertränken.«
Simon lächelte schief. »Aber dann sind wir doch längst wieder zu Hause.«
»Egal. Irgendein Gewässer wird sich schon finden«, sagte Jakob. »Also, abgemacht?«
»Von mir aus«, sagte Simon. Sicherheitshalber beschlossen wir, ihn für den Rest der Nacht nicht mehr aus den Augen zu lassen.
Deshalb konnte ich Jakob auch nicht auf unseren Kuss von vorhin ansprechen. Oder auf das, was er mir hatte sagen wollen. Dabei hätte ich jetzt gar nichts mehr dagegen gehabt, wenn er es mir gesagt hätte. Was auch immer. Und gegen noch einen Kuss hätte ich auch nichts einzuwenden gehabt.

♥ ♥ ♥

Auf der Heimfahrt im Zug kam Meinrad auf die bescheuerte Idee, eine Misswahl zu veranstalten.
»Wir wählen eine Jury, und die Mädchen müssen in Unterwäsche an uns vorbeigehen und über ihre Hobbys sprechen«, sagte er.
»Du bist wohl nicht ganz bei Trost«, sagte das Gürteltier,

die gerade ihren Kopf ins Abteil steckte. »Vielleicht solltest du lieber noch ein bisschen Thymian kauen.« Sie verschwand.

Meinrad wurde ein wenig rot. Die Geschichte von seinem Thymian hatte mittlerweile die Runde gemacht und sorgte immer wieder mal für Heiterkeit.

»Wie wär's denn mit einer Misterwahl? Der, der die meisten Popel aus seiner Nase holt, gewinnt. Ich denke, da hättest du echte Chancen auf den ersten Platz, Meinrad.«

Ich stand auf, um mir ein anderes Abteil zu suchen. Plötzlich konnte ich es nicht mehr ertragen, auch nur eine Minute länger mit diesen Idioten zusammen zu sein. Vielleicht lag es daran, dass ich nicht geschlafen hatte. Kati schien das ähnlich zu gehen, denn sie kam mit mir, und so fand die Misswahl ohne uns statt.

Natürlich gewann Alyssa. Sie bekam das Prädikat *Miss 7 a* ausgestellt, einen Bierdeckel, den Meinrad höchstpersönlich mit Kugelschreiber bemalte und mit einem Schnürriemen zum Umhängen versah.

Valerie, die vor dem Nebelding auf Platz zwei gelandet war, bekam vor Eifersucht eine neue Pickelkolonie, die Alemannen.

»Ich glaube, ich kriege auch einen Pickel«, sagte Leni. Sie und Valerie hatten Kati und mich im Speisewagen gefunden. »Wegen dieser *Kuh*!«

Wir schauten sie verblüfft an. Nanu? Was hatte Alyssa

denn Leni getan, ihrer letzten Getreuen? Es stellte sich heraus, dass Alyssa die Jury explizit auf Lenis X-Beine und ihren zu kurzen Hals aufmerksam gemacht hatte, weswegen Leni auf dem letzten Platz gelandet war. Damit war Alyssa dann auch bei der nachsichtigen Leni einen Schritt zu weit gegangen.

Mein Mitleid für die Probleme meiner Freundinnen hielt sich ausnahmsweise mal in Grenzen. Ich hatte schon den ganzen Morgen gehofft, endlich mal mit Jakob reden zu können. Aber irgendwie hatte ich das Gefühl, dass er mir auswich.

Deshalb machte ich mich auf die Suche nach ihm. Durch den ganzen Zug lief ich, bis ich ihn endlich gefunden hatte. Er saß allein in einem Abteil und guckte aus dem Fenster.

»Was machst du denn hier hinten?«, fragte ich. »Versteckst du dich etwa vor Iris, deiner geheimen Verehrerin?«

»Nein«, sagte Jakob, ohne mich anzusehen. Ich wusste nicht so recht, was ich sagen sollte.

»Stell dir mal vor, Alyssa ist Miss 7 a geworden«, sagte ich schließlich.

»Tatsächlich?«, sagte Jakob. »Und du?«

»Ich habe gar nicht mitgemacht«, sagte ich. »Das fehlte noch, dass ich vor Meinrad und Robert herumstolziere und denen was von meinen Hobbys erzähle. Wo ist Simon?«

»Beim Gürteltier«, sagte Jakob. »Ich denke, da ist er in Sicherheit.«
Eine Weile schwiegen wir. Aber es war nicht so ein gemütliches Schweigen wie sonst, wenn wir zusammen waren, sondern ein angespanntes, unangenehmes.
Schließlich hielt ich es nicht mehr aus.
»Jakob? Wegen gestern Abend ... Was wolltest du mir da eigentlich sagen?«
»Och, nichts«, sagte Jakob.
»Nichts? Wirklich?«
»Nein«, sagte Jakob. »Gegenfrage: Als du neulich den ganzen Kram über Zungenküsse und so weiter wissen wolltest, war das wegen Simons Bruder?«
Ich wollte »Nein« sagen, aber ich schaffte es nicht.
»Ja«, sagte ich. »Weil ... Weißt du, es gibt Jungs, die wollen nur was mit Mädchen anfangen, wenn die auch ... Na ja, du weißt schon.«
Jakob sah mich jetzt zum ersten Mal, seit ich das Abteil betreten hatte, richtig an. Er schaute mir direkt in die Augen. Seine waren grün. Komisch, das hatte ich überhaupt noch nie bemerkt. Und was für lange dunkle Wimpern er hatte. Ich bekam wieder das merkwürdige Gefühl im Bauch, das ich gestern Abend schon gehabt hatte, draußen am See. Im Mondlicht.
Ich seufzte.
»Also, genau genommen wolltest du mit mir Küssen üben«, sagte Jakob. »Für diesen Konstantin?«

»Ja«, sagte ich. »Aber das ist jetzt vorbei. Alyssa ist mit ihm zusammen. Sie hat wohl die besseren Signale gesendet.« Ich zuckte mit den Schultern, damit Jakob sah, wie egal mir das Ganze war.

»Verstehe«, sagte Jakob. »Dann war ich also so etwas wie dein Versuchskaninchen, hm?«

»Nein«, sagte ich.

»Doch«, sagte Jakob und drehte sich wieder zum Fenster.

»Jakob . . .«, sagte ich. Der Zug legte sich in eine Kurve, und ich tat so, als würde ich von der Schwerkraft gegen Jakobs Schulter gedrückt. Guter Trick, übrigens!

»Geh weg«, sagte Jakob. »Ich wär jetzt gern allein.«

Ich setzte mich erschrocken auf. »Aber, Jakob . . .«

»Geh weg!«, sagte Jakob. Diesmal sehr laut.

Am liebsten hätte ich angefangen zu heulen. Jakob hatte mich noch nie angeschrien. Nicht mal im dritten Schuljahr, als ich über seine geliebte Carrera-Bahn gefallen war und die Schienen zerbrochen hatte.

So würdevoll wie möglich stand ich auf und verließ das Abteil. Jakob hinderte mich nicht daran.

Meine Freundinnen hatten in meiner Abwesenheit beschlossen, Alyssa aus der Band zu werfen.

»Wir haben ja schon eine Keyboarderin, und singen können wir selber«, sagte Leni.

»Und gut aussehen tun wir auch ohne Alyssa«, sagte Kati. »Stimmt's, Sissi?«

Mir war das alles herzlich egal. Ich dachte an Jakob und

fragte mich, was ich ihm wohl getan hatte. Gedankenverloren ging ich zurück in unser Abteil. Aber da fand ich nur Alyssa und Meinrad vor, heftig miteinander knutschend.
»Lasst euch bloß nicht stören«, sagte ich, und obwohl ich das ironisch gemeint hatte, ließen sich die beiden tatsächlich nicht stören. Erst als das Gürteltier hereinkam und fragte, ob es einen Eimer kaltes Wasser holen soll, konnten sie sich voneinander lösen.
»Das mit Meinrad ist nur eine Affäre«, erklärte mir Alyssa. »In Wirklichkeit bin ich natürlich immer noch mit Konstantin zusammen.«
»Super. Der wird sicher deine Knutschflecken ganz toll finden«, sagte ich, und da griff sich Alyssa erschrocken an den Hals.
Jakob sah ich erst wieder in Köln auf dem Bahnsteig. Und da hatte er es sehr eilig. Ich nahm meine Reisetasche und rannte hinter ihm her. »Hey, warte doch . . .«
»Was willst du denn?« Jakob sah mich an, als ob ich eine Made in seinem Frühstücksmüsli wäre.
»Was hast du denn auf einmal, Jakob? Habe ich dir irgendwas getan?«
»Tja, also, wenn du das selber nicht weißt . . .« Jakob schulterte seinen Rucksack und ließ mich einfach stehen. Ich wusste nicht, warum, aber plötzlich fühlte ich mich sterbenselend.

♥ ♥ ♥

Ich fühlte mich das ganze Wochenende über mies, und dabei war Mama seit langer Zeit endlich mal wieder nett zu mir. Offenbar hatte ich ihr gefehlt.

»Wenigstens einem«, sagte ich.

»Oh«, sagte Mama. »Hast du Liebeskummer? Wegen diesem Konrad?«

»Was denn für ein Konrad?«, fragte ich. Ich hatte vergessen, dass ich einen Konrad erfunden hatte, extra für Mama. »Nein, nicht wegen Konrad. Ich habe mich mit Jakob gestritten. Und ich weiß nicht mal genau, weswegen.«

»Dann ruf ihn doch einfach an und klär das«, schlug Mama vor.

Aber als ich bei Jakob anrief, war nur seine Mutter dran, und sie sagte, Jakob sei mit seinem Vater Modellflugzeuge fliegen lassen.

Betroffen legte ich auf. Was war denn nur mit Jakob los, dass er sich jetzt sogar freiwillig mit den Modellflugzeugen seines Vaters abgab?

Montags in der Schule sah ich ihn dann endlich wieder. Aber er tat so, als ob ich Luft für ihn sei. Es war ganz furchtbar. In der großen Pause hielt ich es nicht mehr aus und zupfte ihn am Ärmel.

»Jakob, jetzt sag doch bitte endlich mal, was mit dir los ist«, bat ich.

»Ist das da vorne nicht Konstantin?«, fragte Jakob. »Geh doch schnell mal rüber und sag ihm, dass du jetzt weißt, wie man mit Zunge küsst. Vielleicht macht er dann mit Alyssa Schluss.«

Ich drehte mich um: Tatsächlich, da war Konstantin. Und Alyssa war auch da, ein niedliches Halstüchlein um die Knutschflecken gewunden, die Meinrad ihr im Zug verpasst hatte.

Komisch, das war das erste Mal, dass ich Konstantin sah und keine weichen Knie bekam.

Ich drehte mich wieder zu Jakob um und sagte: »Konstantin ist mir scheißegal«, aber Jakob war gar nicht mehr da. Er hatte mich einfach stehen gelassen.

Die große Liebe kommt entweder schleichend oder mit einem großen Knall, habe ich doch mal gesagt. Bei mir, dachte ich, wäre sie mit einem großen Knall gekommen. Aber das war gar nicht wahr. In Wirklichkeit hatte sie schleichend von mir Besitz ergriffen, so ganz, ganz heimlich. Deshalb hatte ich auch gar nichts davon gemerkt.

Bis jetzt. Als ich Jakob so davongehen sah, wusste ich, dass ich *ihn* liebte und nicht Konstantin. Nur dummerweise schien Jakob mich nicht mehr zu lieben. Vermutlich hatte er bereits meinen Namen aus dem Herzchen auf seinem Pult gestrichen.

Egal, wie oft ich zu ihm hinübersah, er sah nie zurück.

Am nächsten Tag fühlte ich mich noch mieser. Aber ich hätte um nichts in der Welt die Schule verpassen mögen, denn dann hätte ich Jakob nicht sehen können. Auch wenn es furchtbar wehtat, dass ich für ihn weiterhin unsichtbar war. Immerhin hatten wir in Simon so eine Art Bindeglied zueinander, denn wir fühlten uns beide für ihn verantwortlich. Unsere Ratschläge in Berlin hatten gefruchtet: Simon hatte sämtliche Spiegel aus seinem Pult entfernt und seine Garderobe um mehrere Hemden erweitert.

»Die habe ich schon immer gehabt«, sagte er, damit ich nicht auf den Gedanken kam, er habe sich extra etwas Neues gekauft.

»Die sind sehr schön«, sagte ich. »Stimmt's nicht, Jakob?«

Jakob nickte immerhin.

Simon hatte auch angefangen, ein Deo zu benutzen. Eins von der Marke Mückentod, aber es war allemal besser als gar keins. Außerdem lobte ich Simons Frisur. Die Haare waren gewaschen und gekämmt, sie fielen Simon genauso sexy ins Gesicht wie Konstantin. Aber das sagte ich natürlich nicht.

An diesem Tag regnete es in Strömen. Wir warteten vor unserem Klassenraum auf das Gürteltier und beobachteten, über das Treppengeländer gelehnt, wie Scharen von nassen Schülern die Stufen hinaufströmten. Jeder hatte eine Kapuze an, von hier oben sahen sie alle gleich aus.

Meinrad kam zuerst auf die Idee, einen Kapuzen-Spuck-Wettbewerb zu veranstalten. Und weil ich ja schon längere Zeit keine Dummheiten mehr gemacht hatte, spuckte ich mit. Simon war auch dabei, und wir waren alle ziemlich gut. Wir trafen fast immer. Und keiner der dummen Kapuzen merkte was.

Aber dann passierte das Unheil. Natürlich mir. Wem sonst.

Ich war gerade mit fünf zu vier Treffern in Führung gegangen und spuckte mit unübertroffener Zielsicherheit nach einem dunkelblauen Wetterjäckchen, als der Wetterjäckchenträger just im selben Sekundenbruchteil seine Kapuze abnahm und seinen Schädel entblößte. Meine Spucke landete mittenmang auf einem Kahlkopf. Mir war, als hörte ich das Aufklatschen bis hier oben.

Die Glatze gehörte niemand anderem als unserem Direktor, und der hob erstaunt den Kopf und sah mir direkt in die Augen. Leider erkannte er mich auch sofort wieder.

»Sissi Raabe!«, donnerte er. »Sofort in mein Büro!«

Ich seufzte. Das war doch wieder mal typisch für mich. Von allen Glatzen dieser Schule musste ich ausgerechnet den Direktor treffen. Da sollte mir doch noch mal jemand sagen, das Schicksal sei nicht parteiisch.

Alle, die das kleine Intermezzo mitbekommen hatten, klopften mir mitleidig auf die Schulter, alle, nur Jakob nicht. Er starrte wie inzwischen üblich durch mich durch.

Das kam mir beinahe schlimmer vor als die Strafpredigt,

die der Direktor mir hielt. Natürlich ließ er meine Entschuldigung nicht gelten, von wegen, dass ich ihn ja in seinem Wetterjäckchen nicht erkannt hätte und für einen Schüler gehalten hatte.

»Man soll grundsätzlich niemanden bespucken«, sagte er und brummte mir für die ganze nächste Woche Turnhallendekorationsdienst auf. Am Wochenende darauf fand nämlich unsere Fünfzigjahrfeier statt. Mir blieb nichts anderes übrig, als mich zu fügen. Mama würde ich sagen, dass ich mich freiwillig gemeldet hätte. Vielleicht nahm sie es mir ja ab.

Als ich später in den Klassenraum kam, schauten alle zu mir her, das heißt, alle außer Jakob. Das machte mich echt fertig.

»Herrschaften, übermorgen schreiben wir unsere Geometriearbeit«, sagte das Gürteltier. »Ich möchte einige daran erinnern, dass sie eine Drei schreiben müssen, wenn sie keinen blauen Brief bekommen wollen. Sissi, ich kann nur hoffen, deine Nachhilfestunden haben gefruchtet.«

Tja. Ich fürchtete, das hatten sie nicht. Schnell sah ich hinüber zu Jakob, aber der blickte natürlich woanders hin. Plötzlich hielt ich es nicht mehr aus. Ehe ich wusste, wie mir geschah, legte ich den Kopf auf die Tischplatte und brach in Tränen aus. Es kam einfach so über mich.

Das Gürteltier trat besorgt näher. »Was ist denn los, Herzchen?«

Beinahe hätte ich meinen ganzen Kummer herausgeschluchzt, aber dann sagte ich nur: »Magenschmerzen.«
Das Gürteltier befühlte meine Stirn. »Und ganz heiß bist du auch«, sagte es. »Kati geht mit dir ins Sekretariat, und von dort rufst du deine Mutter an, einverstanden?«
»Ja«, schluchzte ich. Ich wollte wirklich nur noch nach Hause in mein Bett, zu meiner Mama und zu meinem Kater Murks. Und da wollte ich dann für immer drinbleiben.
Bevor ich die Klasse verließ, drehte ich mich noch einmal zu Jakob um. Diesmal sah er mich an. Mit ganz großen Augen sogar.

Mama steckte mich sofort ins Bett. Sie brachte mir Zwiebacksuppe mit Milch, stopfte mir jede Menge Kissen in den Rücken und gab mir meine Lieblingsbücher zum Lesen. Anna brachte mir ihren iPod. Wenn ich nicht so unglücklich gewesen wäre, hätte ich vor Freude gejodelt. So aber starrte ich teilnahmslos vor mich hin und grübelte über das Leben nach.
Irgendwann hörte ich es unten an der Haustür klingeln, und wenig später schob Mama Jakob durch die Kinderzimmertür.
»Sieh doch mal, wer dich besuchen kommt«, sagte Mama.

Meine Übelkeit war mit einem Schlag verflogen.

»Ich bin gekommen, um mit dir für die Mathearbeit übermorgen zu lernen«, sagte Jakob sehr sachlich. »Damit du keinen blauen Brief bekommst.«

Ich strahlte ihn an. »Das ist wirklich lieb von dir.« Es war so wunderbar, dass er wieder mit mir sprach, dass ich es nicht wagte, ihn auf die letzten Tage anzusprechen.

Er verlor auch kein einziges Wort darüber. Stattdessen lernten wir wirklich Mathe. Und ich verstand zum ersten Mal, was ein kongruentes Dreieck war. Und dass die Basiswinkel in einem gleichschenkligen Dreieck gleich groß sind. Eigentlich war das alles gar nicht so schwer, wie ich immer gedacht hatte. Ich gebe es ungern zu, aber es machte sogar richtig Spaß.

»Ich glaube, jetzt hast du den Bogen raus«, sagte Jakob. »Aber sicherheitshalber komme ich morgen noch mal wieder.«

»Ja, mach das«, sagte ich und strahlte.

An der Tür drehte Jakob sich noch einmal um und nahm etwas aus seiner Hosentasche.

»Ach ja, das hätte ich fast vergessen. Ich hab noch was für dich.« Er warf mir einen kleinen, in Geschenkpapier verpackten Gegenstand zu und verschwand. Ich wartete, bis ich unten die Haustür zuschlagen hörte, dann wickelte ich das Papier ab. Als ich sah, was drin war, machte mein Herz einen freudigen Hüpfer. Es war der Meteorit, Jakobs Glücksstein. Und irgendwie funktionierte es. Als ich einschlief, war ich richtig glücklich.

♥ ♥ ♥

Bei der Mathearbeit am Donnerstag lief alles wie am Schnürchen. Ich machte es genau so, wie Jakob es mir erklärt hatte, und eine Aufgabe nach der anderen löste sich in Wohlgefallen auf. Das Gürteltier staunte nicht schlecht, als es mir über die Schulter schaute.
»Das sieht aber ganz so aus, als hätten sich deine Nachhilfestunden bezahlt gemacht«, sagte sie und klopfte mir anerkennend auf die Schulter. »Ich wusste doch, dass du ein kluges Mädchen bist. Du brauchtest nur ein bisschen Hilfe.«
»Ab jetzt kann ich mir die Nachhilfestunden sparen«, sagte ich. Ich platzte beinahe vor Stolz. Irgendwie war es schon cool, zur Abwechslung mal nicht mit rauchendem Schädel vor einer Mathearbeit zu sitzen.
Als ich abgab, wusste ich, dass ich mindestens eine Zwei geschafft hatte.
»Das ist der Glücksstein«, sagte Jakob in der Pause auf dem Schulhof.
»Nein«, sagte ich. »Das ist deinetwegen.« Ich wurde ein bisschen rot und beeilte mich hinzuzusetzen: »Ich meine, weil du mit mir gelernt hast.«

»Ich sagte ja, dieser Nachhilfelehrer muss eine Niete sein«, sagte Jakob. »Er hat es dir einfach nicht richtig erklärt. Du bist nämlich wirklich nicht dumm.«

»Danke«, sagte ich und sah zu Konstantin hinüber. »Er ist wirklich eine Niete.«

In diesem Augenblick lächelte Konstantin mich an. *Hallo? Was war denn mit dem los?* Jetzt kam er doch tatsächlich genau auf uns zu. Ich dachte, ich traue meinen Augen nicht.

»Hey, Sissi«, sagte er immer noch lächelnd. »Nachhilfe heute Nachmittag um drei wie immer?«

Ich starrte ihn perplex an. Sollte ich etwa auf einmal die richtigen Signale senden? Tja, egal, jetzt war es zu spät.

»Nein, Konstantin«, sagte ich. »Ich habe einen besseren Nachhilfelehrer gefunden, tut mir leid. Und . . . Konstantin? Falls ich dir falsche Signale geschickt habe, tut es mir auch leid. Es war wirklich nicht meine Absicht.«

Konstantin machte ein ziemlich belämmertes Gesicht. Jakob konnte sich ein Grinsen nicht verkneifen, das sah ich genau. Ich tastete nach dem Glücksstein in meiner Tasche und fand das Leben wunderbar. Ja, wirklich, wirklich wunderbar. Jetzt konnte ich nur noch hoffen, dass das mit dem Meteoriteneinschlag niemals passieren würde.

Und noch etwas konnte ich tun: meinen selbst geschriebenen Song für Jakob umdichten. Das war eigentlich ganz einfach. Ich dichtete auch noch eine weitere Strophe dazu, diesmal über das Ende der Welt:

> *Ich will mit dir erleben*
> *das letzte große Beben.*
> *Ich will mit dir entschweben*
> *in ein ganz neues Leben.*
> *Grüne Augen find ich schön,*
> *an blau'n hab ich mich überseh'n.*

Das umgedichtete Lied schrieb ich im Chemieunterricht bei der Klemperer auf ein Ringbuchblatt, faltete es klein und stieß Valerie in die Seite.
»Weitergeben, für Jakob!«
Mein Brief wanderte durch die ganze Klasse, und er war gerade bei Meinrad, als die Klemperer vorschoss wie ein Habicht und Meinrad, diesem Lahmarsch, das Blatt aus der Hand riss.
»Was ist das?«, fragte sie spuckend.
»Von Sissi für Jakob«, sagte Meinrad brav.
Jakob drehte sich zu mir um und hob fragend die Augenbrauen. Ich zuckte nur mit den Schultern. So eine verdammte Sch...
Die Klemperer verzog ihre Lippen zu einem sadistischen Lächeln. »So, so, das muss ja wichtig sein, wenn unsere Blondine vom Dienst nicht mal bis nach dem Un-

terricht warten kann, was? Na, dann wollen wir es doch mal vorlesen, wenn es so wichtig ist.« Sie faltete das Blatt auseinander.

Ich fand meinen Song wirklich gut, ich denke auch, dass er den anderen gefallen hätte, ja, vielleicht wird er irgendwann auch wirklich mal ein berühmter Hit. Aber ich konnte trotzdem nicht zulassen, dass die Klemperer ihn laut vorlas. Das war einfach zu persönlich. Außerdem würde sie ihn total verhunzen.

Deshalb stand ich auf, ging zu der alten Planschkuh nach vorne und sagte: »Es tut mir leid, aber dieser Brief ist nicht für Sie bestimmt.« Den Zettel rupfte ich ihr aus der Hand.

Die Klasse johlte, und die Klemperer wurde fuchsteufelswild.

»Her mit dem Zettel oder es setzt was«, zischte sie. »Ich zähle bis zehn . . .«

Und während die Klemperer wieder mal bewies, dass sie bis zehn zählen konnte, wog ich die Alternativen gegeneinander ab: Wenn ich den Zettel nicht rausrückte, würde ich wohl wieder mal zum Direktor gehen müssen, und das bedeutete dann Turnhallendekorationsdienst bis drei Tage nach meiner Beerdigung. Aber das war immer noch besser, als die Klemperer meinen kostbaren Rap vorlesen zu lassen.

Den wollte ich heute Nachmittag Jakob vorsingen. Und zwar nur ihm allein.

»Zehn!«, sagte die Klemperer und streckte herrisch die Hand aus.

Ich rollte den Zettel zusammen und steckte ihn mir in den Mund. Unter dem Gegröle der Klasse futterte ich ihn einfach auf. Während die Klemperer in das Klassenbuch eintrug: »Sissi Raabe stört den Unterricht durch den Verzehr verbotener Substanzen.«

Was soll ich sagen? Er schmeckte nicht mal schlecht, mein Rap.

Pete Johnson

Meine beste Freundin, mein Ex und andere Katastrophen

Bella will nur noch eins, seit ihr Freund sie wegen ihrer besten Freundin abserviert hat: Rache! Doch Bella hat nicht mit dem charmanten Rupert und seiner Geheimorganisation für gebrochene Herzen gerechnet. Er hat einige Tricks auf Lager, die Bella über ihren Liebeskummer hinweghelfen werden ... Eine witzige und spritzige Teenagerkomödie mit starkem Identifikationspotential für alle Mädchen, die schon einmal verliebt waren, es immer noch sind oder bald schon wieder sein werden.

208 Seiten. Klappenbroschur.
ISBN 978-3-401-06120-7
www.arena-verlag.de